Der Fluss kennt unsere Namen noch

Historischer Roman
nach wahren Begebenheiten

Ralf Seeck

Vorwort

Schon als kleiner Junge hörte ich immer wieder interessiert den Geschichten meines Großvaters Siegfried Kosinsky zu, die er uns Jungs, meinem Bruder und mir, über seine Erlebnisse als Soldat im ersten Weltkrieg und über die Zeit der Flucht aus der „alten Heimat" erzählte. Leider verstarb mein Großvater, als ich 9 Jahre alt war.

Als Jugendlicher dann, als ich durch den Geschichtsunterricht auf dem Gymnasium nach und nach die Tragweite und die historischen Zusammenhänge verstand, war es meine Großmutter, die mir in Erzählungen über die dramatischen und schicksalsschweren Erlebnisse der letzten Kriegsmonate und die Flucht aus Pommern berichtete – bewegende Geschichten, die mich faszinierten, und mich bis heute nicht losgelassen haben. Zu guter Letzt waren es auch die eindrucksvollen Aufzeichnungen meines Onkels Eckard Kosinsky, denen ich viele Schilderungen entnehmen konnte und die mir sehr geholfen haben, die genaue Abfolge der Ereignisse besser zu verstehen[1]. Wir haben die große Freude, dass er mit seinen fast 90 Jahren noch bei uns ist und dass er immer noch die typische pommersche Art durchblitzen lässt, dem Leben mit Humor beizukommen.

Schon als Jugendlicher hatte ich die Idee, die verschiedenen Erzählungen aus der Lebensgeschichte meiner Großeltern, deren dramatischer Höhepunkt die Flucht aus Pommern und der Neuanfang

---

[1] Die alleinigen Urheberrechte über den Zeitraum von Beginn der Familie bis zum Kriegsende verbleiben bezüglich der Aufzeichnungen bei Eckard Kosinsky.

in Schleswig-Holstein war, zusammenzufassen und in gut lesbarer Form aufzuschreiben.

Ich wollte, dass das, was meine Großeltern geleistet haben, was sie Schweres erlebt haben und durchmachen mussten, aber auch wie sie gekämpft, neu angefangen und nicht aufgegeben haben, zu Papier gebracht wird.

Meine Großeltern stehen sicherlich stellvertretend für das, was diese Generation aushalten und leisten musste: Eine schwere Kindheit und Jugend im ersten Weltkrieg, die entbehrungsreiche Nachkriegszeit mit Inflation und Wirtschaftskrise, die Zeit als junge Familie während des Zweiten Weltkrieges, die Flucht aus der vertrauten Umgebung, die Zeit im Flüchtlingslager und der Neuanfang unter Entbehrungen in einer neuen Heimat.

Aus einer religiösen Perspektive betrachtet ist die Lebensgeschichte meiner Großeltern letztlich vielleicht auch ein Zeugnis dafür, dass Gott in schwierigen Situationen manchmal seine schützende Hand über uns Menschen hält und uns vor Schlimmerem bewahrt.

Dieses Buch ist meinen Kindern sowie allen Menschen gewidmet, die sich für Eindrücke von Flüchtlingen des Zweiten Weltkriegs interessieren.

Es kann dem interessierten Leser heute ein Beispiel dafür sein, was die Generation meiner Großeltern geleistet und ertragen hat – und es kann als Mahnung dienen. Deshalb das Aufschreiben, deshalb die Biografie – einfach, damit es nicht in Vergessenheit gerät und wir daraus lernen können.

Weimar im Dezember 2025, Ralf Seeck

Prolog: Himmelsboten

Stettin, Mai 1910

Die Morgenröte des Jahres 1910 färbte den Himmel über Stettin, wo die altehrwürdige Stadt am Ufer der Oder erwachte. Die Straßenlaternen flackerten, als sie dem anmutigen Licht des Tages wichen. Stettin, ein eindrucksvolles Mosaik aus Zeit und Geschichte, pulsierte mit dem Rhythmus des frühen 20. Jahrhunderts. Geschäftige Händler deckten ihre Stände auf dem belebten Markt auf und die Einheimischen stürmten die Straßenbahnen, um ihre Arbeit in den blühenden Industrieanlagen zu erreichen. Die Stadt atmete Leben, während sie auf den Flügeln der Veränderung schwebte. Trotz des raschen technologischen Fortschritts, der die Stadtlandschaft prägte, blieben Spuren der Vergangenheit bestehen - die gotischen Kirchen mit ihren hoch aufragenden Türmen und die prächtigen Residenzen des Adels - als stille Zeugen der vergangenen Epochen. Es war eine Zeit der Hoffnung, des Wandels und der Erneuerung, eingebettet in die unveränderliche Schönheit der Vergangenheit.

An diesem Morgen, als Siegfried, eine blühende Jugend von vierzehn Jahren, aus der Tür der bescheidenen Wohnung seiner Eltern in Stettin trat, konnte er seinen Blick nicht von dem morgenroten Himmel abwenden. In der Tiefe seiner Augen lag die endlose Faszination des Universums und seiner Geheimnisse. Er hatte schon früh seine Leidenschaft für die Astronomie entdeckt, stundenlang saß er auf dem Dach, beobachtete bereitwillig die Sterne und verlor sich in den Rätseln des Kosmos. Siegfried griff nach der Morgenzeitung, die ihm der lokale Zeitungsjunge mit einem flüchtigen Lächeln zuwarf.

»Hast du schon gehört, Siegfried? Der Halley'sche Komet kommt!«, rief der Junge, sein Gesicht von einer Mischung aus Angst und Aufregung gezeichnet. In den eng bedruckten Spalten der Zeitung hieß es, dass der Komet, der für gewöhnlich als Unglücksbote galt, sich der Erde näherte. Siegfrieds Herz klopfte vor Aufregung und Begeisterung, er konnte es kaum erwarten, dieses seltene Schauspiel zu beobachten.

»Glaubst du wirklich, dass er Unglück bringt?«, fragte er, als er die Zeitung zusammenfaltete und seinen Schulranzen über die Schulter warf.

»Wer weiß«, antwortete der Zeitungsjunge mit einem Schulterzucken, bevor er sich wieder aufmachte, um die restliche Auflage zu verteilen.

Während Siegfried seinen täglichen Schulweg durch die pulsierenden Straßen von Stettin antrat, konnte er seine Gedanken nicht von dem Kometen ablenken. Trotz der alltäglichen Geräusche der Stadt - dem Klappern der Pferdehufe, das Rasseln der Straßenbahnen und das lebhafte Stimmengewirr - waren seine Gedanken weit entfernt, verloren im Sternenstaub und in den Geheimnissen des Universums.

Auf seinem Schulweg bemerkte Siegfried eine ungewöhnliche Aufregung in der Menge. Die Menschen drängten sich in den örtlichen Apotheken und Kaufhäusern, um Gasmasken und sogenannte »Kometenpillen« zu kaufen. Ihre Gesichter waren von einer tiefen Besorgnis gezeichnet, und immer wieder sahen sie ängstlich zum Himmel empor, als ob sie erwarteten, dass der Komet jeden Moment seinen todbringenden Schweif über sie ausschütten könnte. Die Angst vor der Vergiftung durch den Kometen war in den Straßen von Stettin allgegenwärtig. Man munkelte, dass der Komet giftige Gase in die Erdatmosphäre freisetzen könnte, die das Ende aller Lebewesen bedeuten würden. Trotz all dieser Ängste war Siegfried fasziniert. Er war fest entschlossen, die Ankunft des Kometen zu verfolgen und das Schauspiel, das sich nur einmal in seinem Leben bot, in vollen Zügen zu genießen.

Eines der größten Hindernisse für Siegfried war jedoch, dass seine Familie sich kein Teleskop leisten konnte. Aber er ließ sich nicht entmutigen. Mit der Entschlossenheit eines wahren Wissenschaftlers machte er sich auf die Suche nach alternativen Methoden, um den Kometen zu beobachten. Siegfrieds Weg zur Schule führte ihn durch das Herz von Stettin. Die Stadt, die er liebte und kannte, pulsierte mit Leben und Betriebsamkeit. Die prächtigen Bürgerhäuser, die gotischen Kirchen und die wunderschönen Parks der Stadt erzählten Geschichten aus vergangenen Zeiten. Mit jedem Schritt nahm er die vertraute Mischung aus Stadtgeräuschen wahr - das Gedröhne der Straßenbahnen, das lebendige Klappern der Hufe auf dem Kopfsteinpflaster und die entfernten Gespräche der Passanten.

Er passierte den Markt, der bereits mit Händlern und Kunden überfüllt war. Die Luft war erfüllt vom Duft frisch gebackenen Brotes und der würzigen Note von Gewürzen aus aller Welt. Händler priesen lautstark ihre Waren an, Hausfrauen wählten sorgfältig das schönste Obst und Gemüse aus. Die Atmosphäre war lebendig und bunt, eine sinnliche Symphonie, die die Essenz des Alltagslebens in Stettin einfing.

Siegfrieds Weg führte ihn weiter über die alte Oderbrücke. Er liebte es, auf der Brücke stehenzubleiben und auf den Fluss hinabzublicken, der still und stetig unter ihm floss. Er sah die Schiffe, die beladen mit Waren den Fluss hinauf und hinab tuckerten, und die Möwen, die kreischend über das Wasser glitten. Dieser Anblick vermittelte ihm stets ein Gefühl von Freiheit und Unendlichkeit, das in seinem Herzen widerhallte.

Als er schließlich die Schule erreichte, konnte er das hektische Treiben der Stadt hinter sich lassen. Die Schule war für Siegfried ein Ort des Lernens und der Entdeckungen, ein Ort, der seine Neugier nährte und seine Leidenschaft für die Wissenschaft entfachte. Mit jedem Tag, den er in den Klassenzimmern verbrachte, wuchs seine Begeisterung für die Welt, das Universum und seine Geheimnisse. Auch heute, angesichts des bevorstehenden Kometenbesuchs, konnte er seine Aufregung kaum im Zaum halten. Er war bereit, sich dem Unbekannten zu stellen und die Geheimnisse des Kometen zu erforschen.

Die Stadt Stettin war im Jahre 1910 von der industriellen Revolution und den damit verbundenen technologischen Fortschritten geprägt. Die Fabrikschlote pusteten dicke Rauchwolken in den Himmel, und die Geräusche von Maschinen und Hammerschlägen hallten durch die engen Gassen. Das Herz der Stadt war der Hafen, wo die Schiffe mit wertvoller Fracht aus aller Welt be- und entladen wurden.

Zu dieser Zeit begann sich das politische Klima in Deutschland zu verändern. Die Sozialdemokratie gewann an Bedeutung, und die Arbeiterklasse forderte mehr Rechte und bessere Arbeitsbedingungen. Die Diskussionen in den verrauchten Bierhäusern drehten sich um Politik und Wirtschaft, um Streiks und gewerkschaftliche Aktionen. Dabei wurde die Kluft zwischen Arm und Reich deutlich. Während die Industriellen und Kaufleute in prächtigen Villen am Stadtrand lebten, hausten die Arbeiter in engen, dunklen Wohnungen in den weniger wohlhabenden Stadtteilen.

Die Gesellschaft war stark hierarchisch geordnet, eine Tatsache, die sich in der fest verankerten Klassengesellschaft widerspiegelte. Die Unterschiede zwischen den sozialen Schichten waren enorm und zeigten sich deutlich in Kleidung, Sprache und Verhalten. Während die Oberklasse in Seide und Samt gekleidet war und in eleganten Kutschen durch die Stadt fuhr, trugen die Arbeiter einfache, robuste Kleidung und gingen zu Fuß zur Arbeit.

Die Stettiner waren ein hart arbeitendes, fleißiges Volk, das sich trotz der harten Lebensbedingungen nie unterkriegen ließ. Sie hielten zusammen, teilten das Wenige, das sie hatten, und unterstützten sich gegenseitig in schwierigen Zeiten. Trotz aller Widrigkeiten war die Atmosphäre in der Stadt lebendig und energiegeladen, voller Hoffnung auf eine bessere Zukunft.

In den folgenden Tagen wurden die Schlagzeilen der Zeitungen von der herannahenden Ankunft des Halley'schen Kometen dominiert. Die Bevölkerung wurde zunehmend unruhig, als die Nachrichten über die potenzielle Gefahr, die der Kometenstaub darstellen könnte, in Umlauf kamen. Die Befürchtungen waren auf die Entdeckung des Astronomen William Huggins zurückzuführen, der festgestellt hatte, dass sich im Licht von Kometenschweifen die Spektrallinien für Kohlenstoffverbindungen nachweisen ließen, darunter auch das giftige Zyankali.

Das Gerücht, dass die Erde im Jahr 1910 in den gigantischen Schweif des Halley'schen Kometen geraten würde, löste weltweit eine Massenpanik aus. In Städten wie Konstantinopel standen Zehntausende Menschen in ihren Nachthemden auf den Dächern, erwartungsvoll und gleichzeitig ängstlich, um den Himmel zu beobachten. In Chicago verstopften besorgte Bewohner mit Lappen alle Tür- und Fensterfugen, um sich vor dem gefürchteten Giftgas zu schützen. Selbst Papst Pius XII. verurteilte das Hamstern von Sauerstoffflaschen.

In Stettin konnte Siegfried die wachsende Angst und Sorge in der Luft spüren. Die Erwachsenen flüsterten besorgt in den Straßen, die Kinder spielten weniger ausgelassen. Aber trotz der allgemeinen Furcht war Siegfried fest entschlossen, das seltene Himmelsereignis zu beobachten, das ihm die Chance bot, einen Kometen aus nächster Nähe zu sehen. Als der große Tag kam und der Komet an der Erde vorbeizog, stellten die Wissenschaftler erleichtert fest, dass die Messgeräte keine Spur von Cyanid zeigten. Die Gasdichte von

Kometenschweifen war einfach zu gering, um eine Gefahr für die Erde darzustellen.

Die Nacht des 19. Mai 1910 war eine, die Siegfried nie vergessen würde. Der Himmel war mit Sternen übersät, die wie funkelnde Diamanten auf schwarzem Samt strahlten. Die Stadt war still, die Straßenlaternen warfen lange Schatten, leises Flüstern erfüllte die Luft. Der sonst so geschäftige Marktplatz war nun menschenleer, nichts bewegte sich außer den flackernden Schatten.

Seine Augen suchten den Nachthimmel ab, auf der Suche nach dem lang ersehnten Besucher. Schließlich, nachdem er einige Minuten in ehrfurchtsvoller Stille verbracht hatte, fing ein heller Streifen am Himmel seine Aufmerksamkeit ein. Der Halley'sche Komet schien ihm direkt zuzulächeln, eine strahlende Perle, die durch die Himmelskuppel raste.

Siegfried entfuhr unwillkürlich ein leises »Wunderbar!« Er konnte kaum glauben, was er sah. Sein Herz klopfte heftig vor Aufregung und Faszination. Er fühlte sich, als sei er der einzige Mensch auf der Welt, der dieses seltene Schauspiel beobachtete. In diesem Moment war er kein einfacher Schüler in Stettin mehr; er war ein Astronom, ein Forscher, der die Geheimnisse des Universums enthüllte.

Plötzlich hörte er hinter sich ein Rascheln. Er drehte sich um und sah seinen besten Freund Heinrich, der mit einem ängstlichen Gesichtsausdruck auf den leuchtenden Kometen am Himmel starrte. »Siegfried«, flüsterte Heinrich, »meinst du, wir sind in Gefahr?«

Siegfried lächelte, legte seine Hand auf Heinrichs Schulter und sah ihm tief in die Augen.

»Nein, mein Freund«, sagte er. »Das ist kein Zeichen des Untergangs, sondern ein Zeichen der Wissenschaft und der Entdeckung. Dieser Komet bringt uns keine Gefahr. Er ist einfach ein Wunder der Natur, das wir beobachten dürfen.«

Heinrich lächelte erleichtert, und die beiden Freunde verbrachten den Rest der Nacht unter dem Sternenhimmel, beobachteten das Schauspiel und lachten über die Sorge der weniger informierten Stettiner.

Als der Morgen anbrach und die ersten Sonnenstrahlen den Himmel in ein weiches Rosa tauchten, konnte Siegfried nur lächeln. Er hatte die Nacht mit einem Kometen verbracht. Ein Erlebnis, das sein Leben für immer verändern würde.

Russland, 1915

Nachdem Siegfried sein Abitur geschafft hatte, wurde er im Jahr 1915 zum Kriegsdienst herangezogen und nach Russland geschickt.

Die Frontlinie war ständig in Bewegung, ein Tanz von Vormarsch und Rückzug, der von strategischen Entscheidungen und dem erbarmungslosen Druck des Krieges bestimmt wurde. Die deutschen Truppen kämpften unermüdlich, trotz der harten Bedingungen und der ständigen Gefahr.

Die Winterschlacht in den Masuren, die im Februar 1915 stattfand, war ein entscheidendes Ereignis im Ostkrieg. Tiefster Winter hatte das Land in ein gefrorenes Schlachtfeld verwandelt, und die deutschen Truppen waren gezwungen, unter extremen Bedingungen zu kämpfen. Sie stellten sich der russischen Armee in einer erbitterten Schlacht, die durch die tiefen Minustemperaturen und das unwegsame Gelände zusätzlich erschwert wurde. Trotz dieser Widrigkeiten gelang es den deutschen Truppen, einen wichtigen Sieg zu erringen und den russischen Vormarsch aufzuhalten. Die Schlacht von Gorlice-Tarnów, die im Mai 1915 begann, war ein weiterer Wendepunkt im Krieg. In dieser Schlacht gelang es den deutschen und österreichisch-ungarischen Truppen, die russischen Linien zu durchbrechen. Dies führte zu massiven russischen Verlusten und einem Rückzug, der die gesamte russische Front destabilisierte. Die Schlacht bei Gorlice-Tarnów markierte den Beginn einer Reihe von Niederlagen für die russische Armee, die schließlich zum Zusammenbruch der russischen Front und zum Rückzug Russlands aus dem Krieg führten.

Siegfried und seine Kameraden hatten oft nur das Minimum an Versorgung und mussten sich an die raue Umgebung anpassen. Sie waren ständig auf der Hut, immer bereit, sich gegen einen feindlichen Angriff zu verteidigen oder einen eigenen auszuführen. Obwohl sie weit entfernt von ihrer Heimat waren, trugen sie eine tiefe Entschlossenheit in sich, für ihr Vaterland zu kämpfen. Sie sahen sich nicht nur einer feindlichen Armee gegenüber, sondern auch den harten russischen Wintern, die die Situation noch weiter erschwerten. Trotz allem hielten sie zusammen, getrieben von ihrem Mut, ihrer Kameradschaft und ihrer Loyalität gegenüber ihrem Land. In diesem Kontext war das Jahr 1915 für die deutschen Truppen an der Ostfront ein Jahr der Herausforderungen und Verluste, aber auch der Ausdauer und Entschlossenheit.

Als Siegfried in Russland eintraf, war er wie betäubt von der rohen Schönheit des Landes, das so sehr im Kontrast zu den Schrecken des Krieges stand. Er wurde bei einer russischen Familie, den Petrowitschs, untergebracht. Sie wohnten in einem bescheidenen Holzhaus am Rande eines kleinen Dorfes, umgeben von endlosen Weizenfeldern und dichten Birkenwäldern.

»Willkommen, junger Mann«, begrüßte ihn Ivan Petrowitsch, ein robust aussehender Mann mit silbernem Haar und tiefen Falten, die sein vom harten Leben gezeichnetes Gesicht zierten. Seine Frau, eine stille, aber freundliche Frau, hieß ihn mit einem Kopfnicken willkommen.

In der ersten Nacht konnte Siegfried jedoch nicht schlafen. Er spürte ein unangenehmes, quälendes Kribbeln auf seiner Haut. Bei genauerem Hinsehen entdeckte er kleine, flache Insekten, die sich in seinem Bettzeug tummelten - Bettwanzen.

»Verfluchte Kreaturen«, murmelte er, während er versuchte, sie zu vernichten.

Siegfrieds Tage in Russland waren geprägt von Kälte, vom strengen russischen Winter, der ihm bis in die Knochen drang, und der Kargheit des Krieges. Er sah von der Verwüstung des Krieges gezeichnete Dörfer, Menschen, die mit leerem Blick in die Ferne starrten, und Landschaften, die einst üppig und lebendig gewesen waren, jetzt aber kahl und öde vor ihm lagen.

Trotz der Schwierigkeiten fand Siegfried auch Momente der Menschlichkeit. Er teilte Brot und Geschichten mit den Petrowitschs, lernte die harte, aber einfache Freude des ländlichen russischen Lebens kennen. Siegfried war wegen seiner Bildung und seines Interesses an der russischen Kultur bei den Petrowitschs sehr beliebt.

»Du bist ein guter Junge, Siegfried«, sagte Ivan eines Tages zu ihm, »Du verdienst diesen Krieg nicht. Niemand tut das.«

Als der Krieg schließlich zu Ende ging, war Siegfried sowohl körperlich als auch seelisch erschöpft. Er war ein Teil der Geschichte geworden, ein Zeuge des Leidens und der Zerstörung, aber auch des Durchhaltevermögens und der Hoffnung. Er hatte gesehen, wie der Mensch sowohl zur Bestie als auch zum Heiligen werden kann, und diese Erkenntnis sollte ihn für den Rest seines Lebens prägen. »Ich hoffe, dass wir uns eines Tages in einer besseren Welt wiedersehen, Ivan, einer friedlichen Welt ohne Krieg«, sagte Siegfried, als er sich von den Petrowitschs verabschiedete, um in sein Heimatland zurückzukehren. Ivan nickte nur und sagte: »Ich hoffe das auch, Siegfried. Ich hoffe das auch.«

Keiner von beiden ahnte, wie sehr sich diese Hoffnung nur wenige Jahrzehnte später in das Gegenteil verkehren würde.

Stettin, 1916

Der Erste Weltkrieg hatte die Stadt, das Alltagsleben und die Gemüter der Menschen verändert. Die Straßen waren weniger belebt, die Laune gedämpft. Die Atmosphäre in Stettin war 1916 spürbar angespannt. Die sonst so lebendigen Straßen waren nun weniger belebt. Die Männer waren an der Front, die Frauen und Kinder versuchten, den Alltag so gut es ging aufrechtzuerhalten. Die Lebensmittelrationierung führte zu harten Bedingungen und langen Schlangen vor den Lebensmittelläden. Die Menschen waren von der Kriegsführung, den Nachrichten von der Front und den Sorgen um ihre Liebsten in den Schützengräben gezeichnet. Die Kluft zwischen Arm und Reich war noch immer vorhanden, doch der Krieg hatte die Unterschiede relativiert. Der Wert des Geldes war gesunken, Lebensmittel waren das neue Symbol des Reichtums.

Herta, ein empfindsames Mädchen von sieben Jahren, lebte mit ihrer Familie in einem gutbürgerlichen Haushalt. Ihr Vater war ein angesehener Handwerker, der trotz der schwierigen Zeiten mit unerschütterlicher Entschlossenheit seine Geschäfte führte.

Als die Familie sich zum Abendessen versammelte, war das Essen einfach, aber nahrhaft: eine Gemüsesuppe, die von Hertas Mutter Anna liebevoll gekocht wurde. Der Tisch war sauber gedeckt, das Silberbesteck glänzte im gedämpften Licht der Petroleumlampe und die spärlichen Zutaten der Suppe waren sorgfältig ausgewählt. Hertas Vater saß am Kopf des Tisches, seine Stirn in Falten gelegt, und las die Zeitung. Seine Augen glitten besorgt über die Berichte von der Front. Herta, mit ihren leuchtenden Augen und dem lockigen Haar, hüpfte auf ihrem Stuhl und erzählte lebhaft von den Wundern, die sie sich für das Leben nach dem Krieg ausmalte. Ihr Vater runzelte die Stirn und mahnte sie, weniger zu träumen und sich mehr auf die Realität zu konzentrieren. Ihre Mutter Anna jedoch lächelte sanft und ermutigte sie, ihre Fantasien auszudrücken.

Nach dem Essen stand Herta auf, um ihre Eltern zu umarmen und ihnen eine gute Nacht zu wünschen. Sie küsste ihre Mutter auf die Wange und flüsterte ihrem Vater ein leises »Gute Nacht, Papa« ins Ohr, bevor sie sich in ihr Zimmer zurückzog. Ihre Mutter folgte und half ihr, sich für das Bett fertig zu machen. Sie trug ein einfaches, aber sauberes weißes Nachthemd, und ihre Mutter bürstete ihre wirren Locken, bevor sie sie ins Bett brachte.

Die Nacht war ruhig, und trotz der Kriegssorgen fühlte Herta sich im gemütlichen Bett sicher. Sie schloss die Augen und begann schon bald zu träumen. In ihrem Traum war der Krieg zu Ende, die Straßen waren wieder belebt und sie sah ihren Vater lachen - ein Anblick, der in letzter Zeit selten geworden war. Sie träumte von einem prächtigen Schlaraffenland, wo es keine Lebensmittelrationierung gab und die Menschen in den Straßen tanzten und sangen. Herta lächelte im Schlaf, als sie diesen Traum von Freiheit und Freude träumte. Ihre kleine Hand umklammerte die Bettdecke, als ob sie diesen angenehmen Traum festhalten und ihn in die Realität ziehen wollte. Ihre Mutter Anna beobachtete sie vom Türrahmen aus, ein liebevolles Lächeln auf den Lippen. Sie wusste, dass Hertas Träume und ihre unerschütterliche Vorstellungskraft das waren, was ihnen in diesen schwierigen Zeiten Hoffnung gab. Mit einem letzten Blick auf ihr schlafendes Kind schloss sie die Tür und ließ Herta in ihren Träumen von einer besseren Zukunft zurück.

Kaum war das Licht verloschen und die Mutter gegangen, nahm Hertas Traum eine düstere Wendung. Sie befand sich plötzlich auf einem unendlich erscheinenden Schlachtfeld, durchzogen von Schützengräben und zerstörten Landschaften. Sie erkannte sofort in dem apokalyptischen Panorama das Schlachtfeld von Verdun, von dem sie so oft in den schaurigen Geschichten gehört hatte. Verwirrt und ängstlich, aber zum Erkunden getrieben, schritt sie durch die Trümmer, die Überreste von dem, was einst ein friedliches Stück Land gewesen sein musste. Aus dem Nebel, der das Schlachtfeld umhüllte, trat eine vertraute Silhouette hervor. Herta blieb stehen, ihr Herz raste. Sie erkannte ihn sofort - es war ihr Bruder Kurt, der vor zwei Jahren in den Krieg gezogen war und den sie seitdem nicht mehr gesehen hatte. Aber er war anders, durchscheinend, als sei er aus dem Nebel selbst geworden. Er sah zu Herta herunter und sein Gesicht verzog sich zu einem sanften Lächeln.

Er war bleich, still, seine Uniform befleckt und von Einschusslöchern durchsiebt.

»Herta«, flüsterte er mit vagen, geisterhaften Lippen, »Herta, ich bin nicht mehr.«

Sie spürte eine seltsame Mischung aus Angst und Erleichterung, doch die Liebe für ihren Bruder überwog. Sie streckte ihre Hand aus, nur um sie durch seine nebelhafte Gestalt gleiten zu lassen. Sie wusste, dass es ihr Bruder war, aber er war nun ein Geist, ein Echo der Vergangenheit, das in ihrem Traum zu ihr gesprochen hatte.

Das Mädchen erwachte schweißgebadet, ihre Augen weit aufgerissen vor Schreck. Sie konnte den Traum nicht abschütteln, seine Bilder hingen schwer in ihrem Kopf. Sie rannte zu ihren Eltern, die im Wohnzimmer saßen, ihre Mutter mit Näharbeiten beschäftigt, ihr Vater in die Abendzeitung vertieft.

»Vater, Mutter!«, rief sie, außer Atem und mit zitternden Lippen. »Ich ... ich habe Kurt gesehen. Er ... er hat gesagt, dass er tot ist!«

Ihre Eltern tauschten einen besorgten Blick aus. »Herta, Liebling«, sagte ihr Vater sanft, »es war nur ein Traum. Dein Bruder ist in Sicherheit, weit weg von hier.«

Aber Herta war nicht zu beruhigen. Sie wusste, was sie gesehen hatte, sie fühlte, dass es wahr war.

Wenige Tage später kam die Nachricht. Ein Brief, adressiert mit einer ungeschickten, kantigen Handschrift, lag auf dem Küchentisch. Der Vater las ihn und wurde still. Seine Augen füllten sich mit Tränen, seine Hände zitterten. »Es ist Kurt«, sagte er mit erstickter Stimme. »Er ist in der Schlacht von Verdun gefallen.«

In diesem Moment brach für die Familie eine Welt zusammen. Sie haderten mit ihrer Trauer, ihrer Verzweiflung. Aber mitten in all dem Schmerz stand Herta, klein und stumm, ihr Herz schwer vor Kummer, aber auch mit einer seltsamen Art von Erleichterung. Sie hatte es gewusst. Sie hatte es gesehen. Und auf eine merkwürdige, schmerzhafte Weise fühlte sie sich ihrem Bruder jetzt näher als je zuvor.

Stettin, Oktober 1918

Das Jahr 1918 brachte eine neue Herausforderung mit sich, nicht nur für die Bewohner Stettins, sondern für die ganze Welt. Die Spanische Grippe war angekommen, und sie machte keinen Unterschied zwischen Arm und Reich, Jung und Alt, Kriegsheld und Zivilist.

Die Straßen von Stettin, sonst so lebendig und pulsierend, lagen nun still unter dem grauen Himmel. Die vertrauten Geräusche des Alltags waren verstummt und waren dem Husten der Kranken und dem Klappern der Pferdewagen gewichen, die die Toten abtransportierten. Die Menschen schlossen ihre Türen und Fenster, in ihren Augen lag die Angst vor der unsichtbaren Bedrohung, die sie nicht besiegen konnten.

Ärzte und Krankenschwestern arbeiteten unermüdlich, doch trotz ihrer Bemühungen konnten sie die Ausbreitung der Grippe nicht aufhalten. Die Krankenhäuser waren überfüllt, die Betten reichten nicht aus, die Kranken lagen auf dem Boden, auf Strohmatratzen und sogar in den Korridoren.

Die Stimmung in der Gesellschaft war schwer, die Menschen waren erschöpft vom Krieg und sahen sich nun einer neuen Feindin gegenüber, der sie sich nicht entziehen konnten. In den Gesichtern der Menschen zeichnete sich der Verlust ab - sowohl der Verlust geliebter Menschen als auch der Verlust ihrer Hoffnung.

Die Epoche war geprägt von Unsicherheit und Angst, das Ende des Krieges im Osten hatte nicht die erhoffte Erleichterung gebracht. Stattdessen hatte die Spanische Grippe die Stadt fest im Griff und zeigte kein Anzeichen von Nachlassen.

Über den Straßen lag eine seltsame Stille, nur unterbrochen von dem leisen Wehen des Windes und dem fernen Läuten der Kirchenglocken. Es war, als ob die Stadt den Atem anhielt, in Erwartung des nächsten Tages, der nächsten Stunde, des nächsten Augenblicks. In dieser Atmosphäre der Unsicherheit und des Wartens lag eine traurige Schönheit – ein stilles Zeugnis der menschlichen Ausdauer in Zeiten der größten Prüfungen.

Die Nacht senkte sich sanft auf Stettin nieder, als Herta wieder von einem Traum heimgesucht wurde. Sie sah ihre Schwester Lotti, lächelnd und lebhaft wie immer, um sie dann in einer bleichen und starren Kälte zu sehen. Herta erwachte schweißgebadet und mit einem dumpfen Gefühl der Unruhe, das sie nicht abschütteln konnte.

Nur wenige Tage später erfüllten sich Hertas schrecklichste Befürchtungen. Lotti, erst siebzehn Jahre alt und voller Energie und Lebenslust, wurde von der gnadenlosen Grippe dahingerafft. Sie verlor den Kampf gegen die unsichtbare Bedrohung, ihr junges Leben wurde jäh beendet. Die Familie stand unter Schock, unfähig zu fassen, was geschehen war.

»Nein, nicht mein großes Mädchen«, murmelte der Vater mit brüchiger Stimme, sein Gesicht gezeichnet von tiefer Trauer. Er liebte seine Töchter, und der Verlust von Lotti traf ihn wie ein Dolch ins Herz.

Die Jahre vergingen, aber die Trauer ließ nicht nach. Der Verlust spiegelte sich in den leeren Räumen des Hauses, in den unberührten Spielzeugen, in den verblassten Erinnerungen an ihr Lachen. Und eines Tages, nur wenige Jahre nach Lottis Tod, gab auch der Vater den Lebenswillen auf. Ein gebrochenes Herz hatte ihn dahingerafft.

»Lebe wohl, Vater«, flüsterte Herta, als sie ihm ein letztes Mal Adieu sagte. Sie konnte das traurige Glänzen in seinen Augen nicht vergessen, das sie bis zu seinem letzten Atemzug begleitet hatte. Mit dem Tod ihres Vaters schien das letzte Band zur Unschuld ihrer Kindheit zerrissen zu sein. Die Realität der Verluste lag schwer auf ihren jungen Schultern und in ihrem Herzen.

1. Kapitel: Zwischen den Schatten das Licht

1929, ein Jahr der Veränderung und der Wiederbelebung, als die Wunden der Vergangenheit langsam verheilten und einem neuen Zeitalter Platz machten. Die Straßen Stettins füllten sich wieder mit Leben, die Menschen wagten es, zu hoffen und zu träumen. Inmitten dieses Erwachens kreuzten sich Hertas und Siegfrieds Wege.

Die 1920er Jahre in Stettin brachten eine Atmosphäre des Wandels und der Innovation. Politisch war die Stadt nun Teil der Weimarer Republik, die ein neues Zeitalter der parlamentarischen Demokratie einläutete, wenn auch mit ihren eigenen Herausforderungen und politischen Turbulenzen. Stettin wurde zu einem Brennpunkt politischer Aktivitäten mit einer Vielzahl politischer Parteien, die um die Gunst der Wähler wetteiferten.

Jene Jahre waren von optimistischer Lebensfreude bestimmt. Die Menschen begannen, sich von den Schatten des Krieges und der Spanischen Grippe zu lösen und sich dem Vergnügen und der Unterhaltung zuzuwenden. Jazzmusik, Theater und Film eroberten die Herzen der Stettiner, und die Stadt wurde als Zentrum der Kultur und des Nachtlebens bekannt.

Auch wirtschaftlich erfuhr Stettin einen Aufschwung. Nach dem Inflations- und Krisenjahr 1923 erlebte die Stadt dank ihrer Lage an der Oder und ihres ausgezeichneten Hafens ein rasantes Wachstum in Schifffahrt und Handel. Neue Unternehmen und Industrien sprossen auf, die Arbeitslosigkeit ging zurück. Allerdings war dieser Wohlstand ungleich verteilt, und während einige in den Genuss des

Aufschwungs kamen, blieben andere in Armut zurück. Trotz dieser Unterschiede war die allgemeine Stimmung der 1920er Jahre in Stettin eine von Aufbruch und Hoffnung auf eine bessere Zukunft.

Es war ein Frühlingstag, die Sonne schien hell, die Luft roch nach neuem Leben. Herta, deren Herz immer noch um Lotti und ihren Vater trauerte, suchte Trost in der Stille des Parks. Sie saß auf einer Bank, ihr Blick war in die Ferne gerichtet, und in ihren Augen lag eine traurige Weisheit, die weit über ihr Alter hinausging.

Siegfried, der als junger Mann die Schrecken des Krieges erlebt hatte, arbeitete inzwischen bei der Reichsbank. Der Krieg war vergessen, ebenso die Hyperinflation und die Entbehrungen der frühen 1920er Jahre. Doch Siegfried, der die politischen Tumulte nach dem Kriegsende miterlebt hatte, konnte seinen Frieden mit der neuen Weimarer Republik nicht finden. Die Fülle an politischen Parteien, ihre scheinbare Orientierungslosigkeit und mangelnde Einigkeit, empfand er als bedrohlich für die Stabilität des Landes. Er war fest davon überzeugt, dass es dem Deutschen Reich unter der festen Hand eines Kaisers besser ergehen würde. Doch Politik war nicht sein Hauptanliegen. Sein Herz lag in der Reichsbank, wo er arbeitete, und im Wohl seiner Mitmenschen, nicht in den turbulenten Korridoren der politischen Macht. Er arbeitete hart, wollte etwas erreichen, seine Mutter stolz machen, und schon manches Mal hatte man ihm nahegelegt, sich eine Frau zu suchen, wollte er nicht als ewiger Junggeselle enden, doch noch hatte er die Richtige nicht gefunden, jene, die sein Herz berührte, das schon manche Verletzung erlitten hatte.

Herta saß auf der Parkbank, zierlich und klein, fast durchscheinend vor dem Hintergrund des üppigen Grüns. Ihre Figur, so zart, dass sie leicht zu zerbrechen schien, strahlte dennoch eine tiefe innere Stärke aus. Im warmen Sonnenlicht, das durch die Blätter der Bäume fiel, schien sie wie eine Gestalt aus einem Märchen, ihre Haut schimmerte wie von einem sanften Schein umgeben. Ihre Augen, leuchtend und hell, schienen in der Stille des Parks verloren, als sie in die Ferne blickten. Sie schienen Geschichten zu erzählen, die jenseits ihres zarten Alters lagen.

Siegfried bemerkte Herta auf der Parkbank, und ihr Anblick faszinierte ihn sofort. Sie war für ihn wie eine Erscheinung, eine visionäre Gestalt, die ihn magisch anzog und sein Herz in einer Weise berührte, die er nicht in Worte fassen konnte. Ihr stilles Profil zog ihn magisch an und er konnte nicht anders, als sich zu ihr zu setzen.

»Guten Tag, Fräulein«, grüßte er sanft und nahm einen respektvollen Abstand ein. Herta drehte sich zu ihm um und nickte.

»Guten Tag, Herr...?«

»Siegfried«, antwortete er mit einem Lächeln.

Ein Moment der Stille verstrich, bevor Herta schließlich sprach. »Wissen Sie, Herr Siegfried, heute habe ich ein totes Eichhörnchen gefunden. Es war ertrunken in einer Wasserstelle, die mit einem Netz abgedeckt war. Es dachte wohl, es sei fester Grund und ist hineingefallen.«

Siegfried sah in ihre traurigen Augen und antwortete sanft: »Das Leben ist manchmal grausam, Fräulein ...?«

»Herta«, antwortete sie.

»Fräulein Herta, und doch ist es immer noch voller Schönheit und Hoffnung.«

»Ja«, sagte Herta, »aber es ist seltsam, nicht wahr? Selbst an einem so schönen Frühlingstag wie heute ist der Tod immer noch präsent.«

Siegfried nickte, berührt von ihrer tiefen Empfindsamkeit. »Das Leben hat mich gelehrt, Fräulein Herta, dass, wo immer der Tod ist, die Liebe nie weit ist. Sie sieht uns vielleicht nicht immer, aber sie ist da, versteckt in den Schatten, wartend auf den richtigen Moment, um sich zu zeigen.«

Und diese Worte berührten Herta, gerade 19 Jahre alt, sehr. Er sagte sie mit einer Sanftheit, die zeigte, dass er ein großes Herz hatte, und zugleich strahlte er so viel Stärke aus. Ihr Herz flog ihm zu, und als er sie fragte, ob sie sich wiedersehen könnten, musste sie nicht lange überlegen.

»Ihr Blick hat etwas, das mich fasziniert, Herta«, sagte Siegfried einige Tage später bei einem Spaziergang. »Es ist, als ob Sie den Klang der Welt hören könnten, einen Klang, den die meisten von uns überhören.«

Herta lächelte und sah Siegfried an. »Und Sie, lieber Siegfried, besitzen eine Stärke und eine Weisheit, die ich bewundere. Sie haben so viel gesehen und doch Ihre Hoffnung und Ihren Glauben an das Gute im Menschen nicht verloren.«

In diesem Moment, als ihre Blicke sich trafen und ihre Herzen im gleichen Takt schlugen, entstand zwischen ihnen eine tiefe

Verbundenheit. Sie verliebten sich, nicht in einer plötzlichen, berauschenden Leidenschaft, sondern in einer stillen, tiefen Zuneigung, die aus der Anerkennung und dem Respekt für den anderen hervorging.

So begann ihre Geschichte, eine Geschichte von Liebe und Verständnis, von Respekt und Bewunderung. Sie gründeten eine Familie, und obwohl die Jahre nicht immer freundlich zu ihnen sein würden, trugen sie ihre Prüfungen mit Würde und Mut. In Hertas sanfter Empfindsamkeit und Siegfrieds stählerner Stärke fanden sie einen sicheren Hafen, einen Ort, an dem sie ihr wahres Selbst sein und lieben konnten. Und in ihren Augen leuchtete die Liebe, eine Liebe, die in den Tiefen der Zeit verwurzelt war, eine Liebe, die ihnen beiden Heilung und Hoffnung gab.

An einem strahlenden Frühlingstag, dem 4. Mai 1929, gaben sich Herta und Siegfried in der malerischen Stadt Stettin das Jawort. Die Kirche war mit frischen Blumen geschmückt, die in der Frühlingssonne leuchteten, der Duft von Maiglöckchen und Flieder erfüllte die Luft. Siegfried Kosinsky, der sechs Jahre zuvor, am 1. April 1923, die Beamtenlaufbahn bei der Reichsbank in Stettin als Anwärter begonnen hatte, war inzwischen ein respektierter Inspektor. Am 12. Februar 1927 war er auf Lebenszeit angestellt worden und hatte am 1. Oktober 1927 seine Ernennung zum Reichsbankinspektor erhalten.

Drei Tage nach der Hochzeit, am 7. Mai 1929, wurde Siegfried an die Reichsbank in Insterburg/Ostpreußen versetzt. Dies war ein einschneidender Schritt für das junge Paar, insbesondere für Herta, die nun gerade 20 Jahre alt war. Die Aussicht, ihre Heimatstadt zu verlassen und in eine fremde Stadt zu ziehen, war sicherlich beängstigend.

»Herta«, sagte Siegfried eines Abends, als sie in ihrer neuen Wohnung saßen, umgeben von noch nicht ausgepackten Kisten. »Ich weiß, dass dies eine große Veränderung für dich ist. Aber ich verspreche dir, dass wir hier ein neues Zuhause aufbauen werden.«

Herta lächelte tapfer und nickte. »Ich vertraue dir, Siegfried. Ich weiß, dass wir es schaffen werden.«

Und so begannen sie ihr neues Leben in Insterburg. Sie suchten nach einer Wohnung, richteten sie ein, und trotz der Schwierigkeiten und der Unsicherheit, die der Umzug mit sich brachte, waren sie entschlossen, sich ein glückliches Leben aufzubauen. Sie hatten die Herausforderungen des Lebens immer mit Würde und Mut gemeistert, und sie würden auch diese meistern. Ihr tiefer Glaube an ihre Liebe zueinander gab ihnen die Stärke, die sie brauchten, um ihr neues Leben in Insterburg zu beginnen.

Im Jahr 1929 war Ostpreußen eine Provinz des Deutschen Reiches mit einer reichen Kultur und saftig grünen Landschaften. Bevölkert von einer Mischung aus Bauern und Bürgern, war die Region von traditionellen Werten und einem starken Gemeinschaftsgefühl geprägt. Die Stadt Insterburg war eine der Hauptstädte Ostpreußens. Sie war ein belebter Ort mit kopfsteingepflasterten Straßen, prächtigen Gebäuden und einer lebendigen Gemeinschaft. Insterburg war bekannt für seine zahlreichen Kirchen und die imposante Burg, die der Stadt ihren Namen gab.

Die Bevölkerung war überwiegend deutsch, aber es gab auch eine bedeutende Minderheit von Litauern und Polen. Die Stadt hatte auch eine starke jüdische Gemeinde, die einen wichtigen Teil der kulturellen Vielfalt der Stadt ausmachte.

Trotz der wirtschaftlichen Schwierigkeiten Ende der 1920er Jahre florierte das kulturelle und gesellschaftliche Leben in Insterburg. Es gab mehrere Kinos, Theater und Cafés, die sich als Orte der Geselligkeit und Unterhaltung etablierten. Die Menschen genossen es, in den Parks zu flanieren oder die Ausstellungen im Städtischen Museum zu besuchen.

In den Straßen von Insterburg war das Lachen spielender Kindern zu hören, das Klappern von Pferdehufen auf dem Kopfsteinpflaster und das Läuten der Kirchenglocken, die zum Gebet riefen. Es war eine Stadt voller Leben und Aktivität, eine Stadt, die trotz der Herausforderungen ihrer Zeit ihren Bewohnern Heimat und Zuflucht bot. In dieser Stadt begannen Herta und Siegfried ein neues Kapitel ihres Lebens, angefüllt mit Hoffnung und der Entschlossenheit, ihre Träume zu verwirklichen.

Insterburg, 1930

Im Jahr 1930 stand Ostpreußen in einer besonderen Position innerhalb des Deutschen Reichs. Als Exklave, getrennt vom Kernland durch den polnischen Korridor, fühlte sich die Region oft isoliert und abgelegen. Die Entfernung und die schwierigen Reisebedingungen förderten ein Gefühl der Eigenheit und stärkten die kulturelle Identität Ostpreußens.

Trotz des wirtschaftlichen Abschwungs, der durch die Weltwirtschaftskrise von 1929 ausgelöst wurde, war man in Ostpreußen widerstandsfähig. Die Menschen zeigten Entschlossenheit und einen starken Willen, ihre Gemeinschaften aufrechtzuerhalten und zu stärken. Der Zusammenhalt in den Städten und Dörfern war stark, und viele fanden Trost und Stärke in der Gemeinschaft, trotz der Unsicherheit der Zeiten.

Die politische Landschaft war jedoch geprägt von der Krise der Weimarer Republik mit ihrer Vielzahl von Splitterparteien. Ein tiefer politischer Graben trennte die verschiedenen politischen Gruppierungen, und die zunehmenden sozialen und wirtschaftlichen Probleme führten zu großer Unsicherheit und Unruhe.

Trotz dieser politischen Spannungen und der schwierigen wirtschaftlichen Situation hielten die Menschen in Ostpreußen an ihren Traditionen fest und bewahrten eine Atmosphäre der Hoffnung und des Mutes. Sie waren überzeugt, dass Zusammenhalt und gegenseitige Unterstützung ihnen bei der Überwindung der Herausforderungen der Zeit helfen würden. Dieser Geist der Entschlossenheit und des Zusammenhalts definierte die Gesellschaft in Ostpreußen in den 1930er Jahren, eine Zeit großer Veränderung und Unsicherheit. Überall herrschte reger Betrieb. Auf den weiten Feldern rings um die Stadt wogte das goldene Korn im Wind. Im

Gegensatz zu vielen anderen Orten im Reich herrschte hier kein Mangel, sondern Überfluss.

Inmitten dieses städtischen Gewusels führten Siegfried und Herta ein beschauliches Leben. Siegfried hatte sich bei der Bank inzwischen einen Namen gemacht. Man schätzte seine Zuverlässigkeit und seinen Scharfsinn. Sie lebten in einem gepflegten Wohnhaus in der bürgerlichen Mitte der Stadt. Die Geburt ihres ersten Kindes sollte die Idylle perfekt machen, doch das Schicksal hatte einen anderen Plan. Herta hatte eine Fehlgeburt, ein tragisches Ereignis, das zu jener Zeit leider allzu häufig vorkam. Herta und Siegfried trauerten sehr, doch ihre Liebe zueinander hielt sie aufrecht und gab ihnen die Kraft weiterzumachen, sodass sich bald eine zweite Schwangerschaft einstellte. Die Geburt des ersten Sohnes Joachim am 10. April 1930 machte ihr Glück dann endlich perfekt.

Siegfried lernte in Insterburg den Großgrundbesitzer Alfred von Wehrheim kennen. Siegfried und Alfred entdeckten schnell ihre gemeinsame Leidenschaft für die alte Ordnung des Kaiserreichs. Abende verbrachten sie gemeinsam, tranken und sangen Soldatenlieder.

»Prost, Siegfried!«, prostete Alfred und hob sein Glas. »Auf den Kaiser!«

»Und auf die alte Ordnung«, erwiderte Siegfried und stieß mit Alfred an. »Siegfried«, sagte Alfred mit einer Ernsthaftigkeit, die man selten von ihm hörte. »Siehst du, was da draußen vor sich geht? Die

Braunhemden marschieren durch die Straßen, als ob sie das Land schon besitzen würden.«

»Ja, Alfred«, antwortete Siegfried, »es ist eine bedrückende Zeit. Ich kann nicht fassen, dass es Menschen gibt, die diese rüpelhaften SA-Leute unterstützen. Sie haben keinen Respekt vor der Ordnung oder der Ehre.«

»Erinnerst du dich an die Reichstagswahlen von 1930, Siegfried? Die NSDAP hat über 6 Millionen Stimmen bekommen. Sie sind von einer Splitterpartei zur zweitstärksten Kraft im Reichstag geworden«, sagte Alfred.

»Ja, und jetzt haben wir das Jahr 1933, und es scheint, dass die Dinge nur noch schlimmer werden. Es ist kaum zu glauben, dass der Reichspräsident Hindenburg diesen Hitler zum Kanzler ernannt hat. Ein Mann, der in einem Bierkeller einen Putschversuch gestartet hat!«, antwortete Siegfried.

Alfred nickte. »Ich vermisse die Zeiten des Kaiserreichs, Siegfried. Die Zeiten, in denen unsere Führer Adlige waren, Männer von Ehre und Anstand. Nicht diese Karikatur eines Politikers mit seinem lächerlichen kleinen Schnurrbart.«

»Ja, und es ist beängstigend, was sie mit den Juden tun, Alfred«, fügte Siegfried hinzu. »Die Boykotte, die Benachteiligungen. Es ist eine Schande für unser Land.«

»Ich stimme dir zu, Siegfried. Wir dürfen nicht zulassen, dass diese Barbaren unser geliebtes Deutschland zerstören. Wir müssen standhaft sein und unsere Ideale verteidigen«, antwortete Alfred.

Die beiden Männer saßen da in der Stille des Abends und starrten in das lodernde Feuer. Sie waren sich bewusst, dass sie sich in einer Zeit von großer Unsicherheit und Angst befanden, aber sie waren entschlossen, standhaft zu bleiben und ihre Werte zu verteidigen. Denn in ihren Herzen waren sie immer noch Kaisertreue, Männer, die an Ehre und Pflicht glaubten, in einer Welt, die diese Werte vergessen zu haben schien.

Alfred lehnte sich in seinem Stuhl zurück.

»Erinnerst du dich an dieses Lied, Siegfried?« fragte er und schloss die Augen. »Wir haben es oft in den Schützengräben gesungen, um unsere Stimmung zu heben und den Mut zu stärken.« Er begann, die Melodie eines alten Soldatenliedes aus dem Ersten Weltkrieg zu summen, das sie beide gut kannten:

»Ich hatt' einen Kameraden,
Einen bessern findst du nit.
Die Trommel schlug zum Streite,
Er ging an meiner Seite
|: In gleichem Schritt und Tritt. :|«

Siegfried stimmte ein, und ihre Stimmen füllten den Raum, ein klangvolles Echo vergangener Tage. Beide Männer sangen mit tiefer Überzeugung, jeder Vers war ein leidenschaftliches Bekenntnis ihrer Treue zur alten Ordnung, ein stilles Gebet für die verlorene Ehre ihres Vaterlandes. Trotz der Dunkelheit, die sich über Deutschland senkte, fanden sie in ihrem gemeinsamen Gesang einen Lichtstrahl der Hoffnung, ein Versprechen, dass die Werte, an die sie glaubten, nicht völlig verloren waren.

So verbrachten sie den Abend in ausgelassener Stimmung, sangen Lieder und erzählten Geschichten aus ihrer Jugend. Es waren Momente der Freundschaft und der Kameradschaft, die trotz der vergangenen Schrecken des Krieges und der aktuellen politischen Unsicherheit ein Gefühl der Normalität und der Kontinuität vermittelten. Doch trotz aller Freude und trotz aller Bürgerlichkeit, trotz der Freude über ihren gesunden Sohn Joachim trugen Herta und Siegfried den Verlust ihres ersten Kindes immer bei sich. Sie sprachen nicht viel darüber, aber in stillen Augenblicken, wenn sie alleine waren, fühlten sie die Leere, die ihr ungeborenes Kind hinterlassen hatte. Sie trösteten einander und fanden in ihrer Liebe zueinander Trost und Hoffnung. Sie waren ein starkes Paar, bereit, den Stürmen des Lebens zu trotzen und die Herausforderungen, die das Schicksal ihnen stellte, gemeinsam zu bewältigen.

Köslin, 1935
Am 12. April 1935 erhielt Siegfried die Nachricht von seiner Versetzung an die Reichsbank in Köslin.

»Herta, wir ziehen um«, verkündete er nach seiner Rückkehr von der Arbeit.

»Wohin gehen wir, Siegfried?«, fragte Herta, eine Mischung aus Aufregung und Sorge in ihrer Stimme.

»Nach Köslin, in Pommern, nicht weit weg von unserem geliebten Stettin«, antwortete Siegfried. »Und die Reichsbank hat dort eine großzügige Dienstwohnung für uns.«

Im folgenden Jahr, am 30. Juli 1936, kam ihr zweites Kind zur Welt. »Eckard«, sagte Herta, als sie ihren neugeborenen Sohn zum ersten Mal im Arm hielt. »Unser kleiner Eckard.« Herta hatte darauf bestanden, das Baby in der Frauenklinik in Stettin zur Welt zu bringen, in der Nähe ihrer Mutter Anna. Es war ein emotionaler Moment, als Eckard in der kleinen Kirche neben der Klinik getauft wurde. Mit zwei Jungens fühlte die Familie sich nun komplett, und sie kehrten nach Köslin zurück, bereit, ein neues Kapitel in ihrem Leben zu beginnen.

Köslin im Jahr 1936 war eine lebhafte und malerische Stadt in der Provinz Pommern. Geprägt von einer reichen Geschichte, war sie bekannt für ihre charmant veraltete Architektur, die bis ins Mittelalter zurückreichte. Mittelalterliche Giebelhäuser säumten die kopfsteingepflasterten Straßen und verliehen der Stadt ein Ambiente von zeitloser Schönheit und Eleganz. Der Stolz der Stadt war die beeindruckende Kathedrale der heiligen Maria, die hoch über den Häuserdächern aufragte und einen atemberaubenden Blick auf die Umgebung bot.

Trotz der sich rasch verändernden politischen Landschaft blieb das tägliche Leben in Köslin davon weitgehend unberührt, mit belebten Märkten, reichen kulturellen Veranstaltungen und einer starken

Gemeinschaft, die sich engagiert für den Erhalt ihrer Traditionen und ihres Erbes einsetzte. Doch unter der Oberfläche brodelte es, die politischen Verschiebungen und die wachsende Macht der Nazis begannen, ihren Schatten auf die friedliche Stadt zu werfen. Die Freude war getrübt durch die dunklen Wolken, die sich über Deutschland zusammenzogen.

Die Nazis marschierten inzwischen durch das Reich und brachten Veränderungen mit sich, die niemanden unberührt ließen. Der Umgangston wurde rauer, und die jüdischen Bürger mussten sich fürchten. Auch in Köslin trugen nun viele Männer SA-Uniformen und waren Mitglieder der Partei.

Siegfried war schockiert, als er erlebte, wie seine jüdischen Kollegen bei der Bank von heute auf morgen entlassen wurden. Es war ein gespenstisches Bild, die leeren Stühle in der Bank zu sehen, auf denen einst seine Kollegen gesessen hatten.

»Sie wurden entlassen«, sagte der Bankdirektor mit harter Stimme. »Sie können nicht länger für uns arbeiten. Es ist ein Befehl von ganz oben.«

»Aber sie sind gute Arbeiter! Sie haben nichts falsch gemacht!«, protestierte Siegfried.

»Das ist nicht der Punkt, Siegfried«, antwortete der Bankdirektor. »Es ist die neue Ordnung. Wir haben keine Wahl.«

Zuhause teilte Siegfried seine Erlebnisse des Tages mit Herta. Sie hörte still zu, eine Mischung aus Furcht und Sorge auf ihrem Gesicht. »Wie soll nur alles noch werden, Siegfried?«, fragte sie schließlich.

»Ich weiß es nicht, Herta«, antwortete er. »Aber wir müssen stark bleiben, für uns, für Joachim und Eckard.«

In diesen ungewissen Zeiten fanden sie Trost in der Normalität ihres Alltags. Sie führten ihr Leben so gut es ging weiter, versuchten, ihren Söhnen eine sichere und liebevolle Umgebung zu bieten. Aber mit jedem Tag, der verging, wurde ihnen die Bedrohung, die von den Nazis ausging, immer bewusster. Sie wussten, dass sie ihre Augen nicht länger vor der Realität verschließen konnten und dass sie sich den kommenden Herausforderungen stellen mussten.

Köslin, Winter 1936

An einem kalten Morgen im Winter ging Siegfried zum Bäcker, der gleich um die Ecke wohnte. Der Bäcker, ein Mann namens Gerhard, war ein glühender Anhänger der Nazis und fand immer einen Weg, dies in jedes Gespräch einzubringen.

»Guten Morgen, Herr Kosinsky«, grüßte Gerhard, als Siegfried den Laden betrat. »Ein kalter Tag, nicht wahr? Gut, dass unsere Führer so eine starke Hand haben, um uns durch diese harten Zeiten zu führen.«

Die wirtschaftliche Lage im Deutschen Reich war zu dieser Zeit noch immer prekär. Infolge der Weltwirtschaftskrise, die ihren Ursprung im Jahr 1929 in den USA hatte, litten viele Deutsche unter Hunger und Teuerung. Die Arbeitslosigkeit erreichte zeitweise astronomische Ausmaße, was das Elend der Bevölkerung weiter verschärfte. In solchen Zeiten der Verzweiflung und Unsicherheit fanden die Nazis, die einfache Lösungen und Wiederherstellung der nationalen Ehre versprachen, zunehmend Gehör bei den Massen. Der Versailler Vertrag, der Deutschland nach dem Ersten Weltkrieg auferlegt worden war, hatte das Land in eine schwere finanzielle Krise gestürzt. Die als ungerecht empfundenen Reparationszahlungen hatten zu einer massiven Inflation geführt und die Wirtschaft des Landes destabilisiert. Viele Deutsche fühlten sich gedemütigt und entehrt durch die Bedingungen des Vertrages, die ihre nationale Souveränität beschränkten und sie für den Krieg verantwortlich machten. Diese Stimmung von Unzufriedenheit und Ressentiments war ein fruchtbarer Boden für die aufsteigenden Nazis, die den Vertrag als Symbol der nationalen Schmach anprangerten und die Rückkehr zur nationalen Stärke und Unabhängigkeit versprachen. So wurden die Versprechen der Nazis zur Rückkehr der nationalen Ehre und Stärke für viele Deutsche zu einem Hoffnungsstrahl in einer sonst so düsteren Zeit, ein wärmender Gedanke, wie er nun aus den Worten des Bäckers sprach. Siegfried hatte in den letzten Wochen viele solcher Gespräche geführt. Er lächelte höflich und antwortete: »Ja, es ist in der Tat kalt. Ich nehme drei Milchwecken, bitte.«

Nachdem er seine Brötchen bezahlt und den Laden verlassen hatte, machte Siegfried sich auf den Weg zu seinem Freund Klaus, einem Schneider, ebenfalls Veteran und Kaisertreuer. Sie trafen sich in einem kleinen Park und tauschten ungestört ihre Gedanken und Sorgen aus. Sie waren sich beide einig, dass Hitler ein Kriegstreiber, ein Prolet und ein Irrer war. Sie hofften, dass jemand in der Regierung klug genug sein würde, ihn zur Vernunft zu bringen.

»Es ist zum Wahnsinnigwerden, Klaus«, sagte Siegfried. »Wir können nur hoffen, dass das Ganze bald vorüber ist. Ich verstehe nicht, wie die Leute sich so täuschen lassen können. Sie glauben wirklich, dass Hitler ihre Probleme lösen wird.«

Im Jahr zuvor hatten viele politische Ereignisse Anlass zur Sorge gegeben. Hitler hatte das Saarland annektiert, ein klares Zeichen für seine expansionspolitischen Ambitionen. Er hatte auch ein neues Wehrgesetz erlassen, das die allgemeine Wehrpflicht wieder einführte und die Größe der deutschen Streitkräfte stark erhöhte. Und nun, im Jahr 1936, hatte er das demilitarisierte Rheinland besetzen lassen. Die beiden Männer sahen klar, dass Hitler auf Krieg aus war, und Siegfried und Klaus konnten nur hoffen, dass jemand, irgendein rationaler Kopf, ihn stoppen würde.

Klaus nickte und strich mit der Hand über sein graues Haar. »Du hast recht, Siegfried«, sagte er. »Die Massen lassen sich von seinen hohlen Versprechungen blenden. Aber wir, die wir den Krieg erlebt haben, wissen, was das bedeutet. Ich habe meine besten Jahre an den Fronten des Weltkriegs verloren. Ich habe gesehen, wie gute Männer gefallen sind, und es bricht mir das Herz, zu sehen, dass wir uns wieder auf diesen Pfad begeben.«

Siegfried seufzte und blickte auf die schimmernden Lichter der Stadt in der Ferne.

»Und dennoch«, erwiderte er, »scheint es, als ob die Erinnerung an den Krieg verblasst und die Menschen bereit sind, denselben Fehler erneut zu begehen. Sie sehnen sich nach Stärke und Einheit, aber sie verstehen nicht, zu welchem Preis.«

Klaus nickte nachdenklich. »Ja, das ist wahr. Aber was können wir tun, Siegfried? Wir sind nur zwei Männer mit unseren Erinnerungen und unserer Vernunft.«

»Wir können nur hoffen, dass die Vernunft schließlich siegen wird«, sagte Siegfried mit einem leisen Zweifel in seiner Stimme. Denn wann hatte die Vernunft je gesiegt, wenn Großmachtsträume alles durchdrangen? So, in der winterlichen Kälte des kleinen Parks, schworen sich die beiden einst so kaisertreuen Männer, gegen den aufkommenden Wahnsinn anzukämpfen, mit den Mitteln der Vernunft. Sie würden ihre Stimmen erheben und versuchen, die Wahrheit zu verbreiten, in der Hoffnung, dass sie auf fruchtbaren Boden fallen würde. Sie würden sich der dunklen Welle, die über ihr geliebtes Deutschland rollte, nicht einfach ergeben, sondern das Wort ergreifen. Sie würden für das eintreten, was sie für richtig hielten, und hoffen, dass ihre Bemühungen nicht umsonst sein würden. Aber das war eine Hoffnung, die in den dunklen und ungewissen Zeiten, die vor ihnen lagen, wie ein schwacher Lichtstrahl in der Ferne schien.

2. Kapitel: Sturmzeit

Berlin, Dezember 1937

Der Winter hatte seinen frostigen Zauber über die Stadt gelegt. Siegfried saß in einem prächtigen Saal, in dem die Prüfung für den höheren Bankdienst abgehalten wurde. Sein Anzug, von Klaus, seinem befreundeten Schneider, sorgfältig und präzise genäht, trug eine versteckte Tasche, in der er Spickzettel verbarg – seine geheime Waffe. Während der kurzen Pausen der Prüfung warf er einen schnellen Blick darauf, sich der entscheidenden Informationen versichernd.

»Siegfried, du bist wirklich gewieft«, hatte Klaus mit einem schelmischen Grinsen gesagt, als er die Tasche einnähte. »Mit dieser geheimen Tasche wirst du bestimmt bestehen.«

Und tatsächlich, Siegfried bestand die Prüfung. Mit dieser Errungenschaft öffneten sich ihm die Türen zu höheren Positionen im Bankdienst. Er bewarb sich um eine höhere Stelle bei der Reichsbank und wurde mit Wirkung vom 28. März 1938 nach Dortmund versetzt.

Dortmund im Jahr 1938 war eine Stadt, die von der pulsierenden Energie des Ruhrgebiets durchdrungen war. Hochöfen leuchteten am Horizont und die Straßen waren erfüllt von Menschen, die die wirtschaftlichen Chancen suchten, die die Reichsregierung ihnen versprach. Doch hinter der Oberfläche dieser industriellen Stärke verbarg sich eine dunklere Realität – die zunehmende Dominanz der Nazi-Ideologie.

Die Familie zog nach Dortmund, und in ihrem neuen Zuhause wurde am 21. März 1940 ihr drittes Kind, Renate Charlotte, geboren. Der Zweitname erinnerte an Hertas Schwester Lotti, die der Spanischen Grippe zum Opfer gefallen war. Siegfried und Herta betrachteten ihre Tochter mit einer Mischung aus Freude und Sorge. Würde Renate in einer von Krieg und Hass bestimmten Welt aufwachsen? Oder wären sie in der Lage, ihr eine Zukunft in Frieden und Freiheit zu sichern?

Siegfried blickte auf die silbernen Linien der Zechen und Stahlwerke, die sich am unendlichen Himmel von Dortmund ausbreiteten, und fragte sich, was die Zukunft für sie bereithielt. Die politischen Veränderungen im Reich waren tiefgreifend und beängstigend, und er betete, dass Vernunft und Menschlichkeit schließlich siegen würden.

Im Schatten der Hochöfen und Stahlwerke des Ruhrgebiets lag eine unheilvolle Vorahnung. Deutschland rüstete auf – eine Tatsache, die in dieser industriellen Hochburg des Landes kaum zu übersehen war. Die Menschen jedoch, angefeuert von einem wiedererwachten Nationalstolz und befreit von der Demütigung, dem Hunger, der Inflation und der Arbeitslosigkeit der Nachkriegszeit, begrüßten die wirtschaftliche Belebung und schlossen die Augen vor den grelleren Realitäten der politischen Veränderungen.

Die Jahre 1936 bis 1938 markierten einen dunklen Abschnitt in der Geschichte Deutschlands. Jüdische Bürger wurden durch die

Nürnberger Rassegesetze systematisch aus dem öffentlichen Leben verdrängt, ihrer Rechte beraubt und zu Außenseitern in ihrer eigenen Heimat gemacht. Pogrome, wie die berüchtigte Kristallnacht von 1938, hinterließen einen unauslöschlichen Fleck auf dem deutschen Bewusstsein, und das dunkle Antlitz des Hasses begann sich immer deutlicher zu zeigen.

Im Jahr 1936 marschierte Deutschland trotz der internationalen Verurteilung in das entmilitarisierte Rheinland ein und brach damit den Vertrag von Versailles. Im folgenden Jahr, 1937, kündigte Hitler in einer geheimen Rede vor seinen Militärführern seine expansiven und kriegerischen Absichten an. Und im Jahr 1938, in einer Bewegung, die als »Anschluss« bekannt wurde, erzwang Deutschland die Vereinigung mit Österreich. Ebenso annektierte Deutschland das Sudetenland und später die restliche, nicht deutschsprachige Tschechei. Wer klar denken konnte, der sah, dass Hitler auf Expansion aus war. Doch trotz dieser beunruhigenden Zeichen bemerkten viele die drohende Gefahr nicht, geblendet von den Versprechen von Wohlstand und nationaler Großartigkeit. Im Herzen des Ruhrgebiets, inmitten von Rauchschwaden und glühendem Stahl, schienen die Schatten der kommenden Dunkelheit noch weit entfernt. Siegfried und seine Familie standen jedoch am Rande dieser schwebenden Unsicherheit, nicht wissend, welche Zukunft sie in diesem sich schnell verändernden Deutschland erwartete.

Dortmund/Stolp 1940/1941/1942

Als der September 1939 hereinbrach, brachte er düstere Wolken und die Bürde des Krieges mit sich. Siegfried und Herta Kosinsky saßen in ihrer bescheidenen Wohnung in Dortmund, das Radio vor ihnen auf dem Tisch summte und knisterte, als die Stimme des Propagandaministers Goebbels aus den Lautsprechern drang. »Der Krieg hat begonnen ... Deutschland hat auf die fortgesetzten Provokationen und Grenzverletzungen Polens reagiert ...« Die Worte des Ministers hallten in der Stille des Raumes wider, und die Gesichter von Siegfried und Herta wurden bleich vor Sorge.

Herta schaute ihren Mann an, ihre Augen erfüllt mit einem seelentiefen Schrecken. »Siegfried, was wird aus uns, was wird aus unseren Kindern? Sie wollen sie zur Hitlerjugend schicken. Das können wir nicht zulassen!«

Siegfried zog seine Frau eng an sich, in einem Versuch, ihre aufgewühlten Gefühle zu beruhigen. »Herta, wir müssen stark bleiben. Es ist eine schwere Zeit, aber wir werden sie gemeinsam durchstehen. Wir werden unsere Kinder beschützen, so gut wir können.«

Doch auch in Siegfrieds Herz regte sich eine düstere Vorahnung. Der Überfall auf Polen hatte eine dunkle Realität zum Vorschein gebracht – der Krieg war keine ferne Bedrohung mehr, er stand auf ihrer Türschwelle. Siegfried erinnerte sich an die friedlichen Zeiten in Pommern und Ostpreußen, als Deutsche und Polen Seite an Seite lebten, ein harmonisches Miteinander, das jetzt zerstört zu werden drohte.

In den folgenden Wochen schickte der Krieg seine Schatten über Dortmund. Die Fabriken des Ruhrgebiets wurden in Rüstungsbetriebe umgewandelt, und die Suchscheinwerfer der Flugabwehr durchzogen den Himmel über der Stadt. Es war eine Zeit der Unsicherheit, des Wandels und des drohenden Unheils. Aber trotz alledem blieben Siegfried und Herta standhaft, fest entschlossen, ihre Familie in den kommenden Sturmzeiten zu beschützen.

Als im Winter 1939/40, noch vor der Geburt ihrer Tochter Renate, die ersten englischen Bomber das Ruhrgebiet überflogen und ihre tödliche Last auf Dortmund abwarfen, sahen sich Siegfried und Herta gezwungen, eine schwere Entscheidung zu treffen.

Der Kohlenstaub, der die Luft im Ruhrgebiet verdunkelte, hatte sich auf Hertas Seele gelegt. Sie vermisste ihre Familie, den Duft des Ostseewindes und die vertrauten Stimmen ihrer Familie.

»Siegfried«, sagte sie eines Abends, als sie das Geschirr abgewaschen hatte, »ich fühle mich hier nicht zu Hause. Ich vermisse Pommern. Ich vermisse Stettin und Köslin.«

Siegfried sah seine Frau an. Er hatte ihre Unruhe gespürt, ihren Wunsch nach etwas Vertrautem in einer Welt, die sich zu schnell veränderte.

»Vielleicht«, sagte er nachdenklich, »ist es an der Zeit, Dortmund zu verlassen.«

Tage und Wochen vergingen, und die Nachrichten wurden immer beunruhigender.

»Siegfried«, begann Herta eines Abends, als sie zusammen am Küchentisch saßen, »wir können nicht hierbleiben. Die Bomben ... Es ist zu gefährlich.« Siegfried sah auf, seine Stirn in Sorgenfalten gelegt, und nickte.

»Ich weiß, Herta. Ich habe darüber nachgedacht. Mein Freund Klaus aus Pommern hat mir geschrieben. Dort ist es ruhiger, die Kriegsfolgen sind dort noch nicht zu spüren.«

Am 4. Juni 1940 wurde Siegfried nach Stolp in Pommern versetzt, um als kassenleitender Beamter in der Reichsbank zu arbeiten. Sie packten ihre Habseligkeiten und verließen das, was einmal ihr Zuhause gewesen war, um in eine unsichere Zukunft zu ziehen.

»Es ist das Beste, Siegfried«, versicherte Herta ihm, als sie in den Zug stiegen, der sie nach Osten bringen sollte. »Wir werden da besser durchkommen als hier.«

Die Suche nach einer angemessenen Wohnung für die ja inzwischen fünfköpfige Familie erwies sich als schwierig. Sie fanden lediglich eine Zweizimmerwohnung in der Augustastrasse, die als vorübergehende Unterkunft angeboten wurde. Die Räumlichkeiten waren eng und boten kaum Platz für Siegfried, Herta und die drei Kinder, Joachim, Eckard und Renate. Aber die Gewissheit, in Sicherheit zu leben, auch wenn es nur eine Notlösung war, überwog gegenüber der täglichen Bedrohung durch Bombenangriffe. So zog die Familie von ihrer großzügigen Vier-Zimmer-Wohnung in Dortmund nach Stolp in Pommern. Trotz der beengten Verhältnisse waren sie dankbar für diese Zuflucht und hofften auf bessere Zeiten.

In den 1940er Jahren war Stolp ein wichtiger Eisenbahnknotenpunkt in Pommern und mit rund 50.000 Einwohnern die zweitgrößte Stadt der Region. Siegfried und Herta hatten ihre neue Heimat in der Augustastraße gefunden, einer ruhige Nebenstraße, die zur stark befahrenen Geerstraße führte. Der Bahnhof war nur zwei bis drei Minuten entfernt.

»Es ist klein, aber es ist unser«, sagte Herta, als sie die Tür zu ihrer Wohnung in der Augustastraße 19 öffnete. Die Wohnung bestand aus zwei großen Zimmern, verbunden durch einen kleinen Flur, einer winzigen Küche mit Badewanne und Toilette. Die Eltern schliefen im Wohnzimmer, das nur mit den nötigsten Möbeln ausgestattet war, während die Kinder im Schlafzimmer untergebracht waren. Wegen des begrenzten Platzes hatten sie den Großteil ihrer Möbel bei einer Spedition eingelagert. »Es ist eng, aber wir werden es schaffen«, sagte Siegfried, der nun als leitender Beamter der Stolper Reichsbankfiliale seine Familie versorgte. In dieser Zeit wurde Eckard in der lokalen Schule eingeschult, während Joachim, der ältere Bruder, die Stefan-Oberschule besuchte, die in der Nähe des Flusses Stolpe lag. Wie damals üblich, war er Mitglied der Hitlerjugend, einer Organisation, der sich kaum jemand entziehen konnte. Das tägliche Leben in der kleinen Wohnung war nicht einfach. Wenn der Vater im Dienst war und Joachim und Eckard in der Schule waren, entspannte sich die Situation etwas. Herta und ihre kleine Tochter Renate blieben zu Hause, kümmerten sich um den Haushalt und erledigten die notwendigen Einkäufe.

»Wir kommen schon zurecht, Siegfried«, versicherte Herta ihrem Mann. Trotz der beengten Verhältnisse und der knappen Ressourcen war die Familie in der Lage, sich ausreichend zu ernähren. Siegfried hatte an der Landstraße nach Stolpmünde eine kleine Parzelle gepachtet, auf der er Gemüse, Kartoffeln und Tabak anbaute. Einmal in der Woche machten sie sich auf den Weg, um das Land zu bearbeiten oder zu ernten - ein 20-minütiger Fußmarsch mit Gartengeräten und Handwagen.

»Diese Spaziergänge sind das Beste an unserem neuen Leben hier in Pommern, Siegfried«, sagte Herta, während sie den frischen Wind des pommerschen Sommers genoss. So verstrichen die Tage in Stolp, geprägt vom einfachen Leben, harter Arbeit und der Hoffnung auf bessere Zeiten - darauf, dass das Unheil des Kriegs vorbeiziehen würde, ohne sie alle mit in den Abgrund zu reißen.

Die Straßen von Stolp waren ruhig und friedlich, ein scharfer Kontrast zu dem kriegsgebeutelten Dortmund, das sie hinter sich gelassen hatten. Die Atmosphäre der Stadt im malerischen Pommern im Jahr 1941 war friedvoll und bot einen prächtigen Anblick mit ihrer mittelalterlichen Architektur und den zahlreichen Kirchen. Der Stolper Dom, das Stolper Rathaus und der Stolper Wasserturm zeugten von der reichen Geschichte der Stadt. Die Straßen waren belebt, und auf dem Markt herrschte ein ständiges Kommen und Gehen. Die Menschen waren freundlich und hilfsbereit, ein willkommener Unterschied zur angespannten Lage im kriegsgeplagten Dortmund.

Im gesamten Reich hingegen veränderte sich die Stimmung stetig. Die anfängliche Kriegssorge wich nach den Anfangssiegen der deutschen Wehrmacht zunehmend einer allgemeinen Kriegsbegeisterung, aber auch Skepsis, angesichts der steigenden Opferzahlen und der zunehmenden Bombardierungen, mischte sich darunter. In Pommern jedoch, weit weg von den Frontlinien und Bombardements, konnte man den Krieg fast vergessen.

Allerdings schlug auch hier die Realität des Krieges bald zu. 1941 marschierte das Deutsche Reich in die Sowjetunion ein – ein militärisches Unterfangen von ungeheurer Größe und Komplexität. Dieser Feldzug, bekannt als Unternehmen Barbarossa, führte zu heftigen Kämpfen an der Ostfront. Die anfänglichen Siege der Deutschen wurden jedoch bald von den brutalen russischen Wintern und der zähen Verteidigung der Sowjets in Schach gehalten. Der Krieg, der als schneller Sieg geplant war, entwickelte sich bald zu einem blutigen Stellungskrieg, der Millionen Menschenleben fordern sollte.

Siegfried erinnerte sich lebhaft an die Zeit, die er während des Ersten Weltkriegs bei der Familie Petrowitsch verbracht hatte. Die Russen waren arm, ja, aber was ihnen an materiellen Gütern fehlte, machten sie durch ihre unermessliche Gastfreundschaft und Herzenswärme wett. Für die Petrowitschs bedeutete der deutsche Einmarsch im ersten Weltkrieg eine Zeit der Unsicherheit und Angst, doch Siegfried hatte damals erlebt, dass die Russen trotz der beängstigenden Umstände ihre Menschlichkeit und Wärme bewahrten.

Er dachte oft an die Petrowitschs und fragte sich, welches Schicksal sie ereilt hatte. Die Nachrichten von der Ostfront waren düster und erschreckend, und Siegfried konnte nicht anders, als sich um die Familie zu sorgen, die ihn einst mit offenen Armen aufgenommen hatte, obwohl er als Soldat und Feind in ihr Heim gekommen war. Die Frage, wann der Krieg nach Pommern kommen würde, hing wie ein Damoklesschwert über Siegfried und seiner Familie. Sie wussten, ihre relative Sicherheit konnte jederzeit enden. Die Nachrichten von den Kämpfen an der Ostfront kamen ihnen immer näher, und obwohl Pommern weit von den Frontlinien entfernt war, war der Krieg in den Gesprächen allgegenwärtig. Siegfried konnte nur hoffen und beten, dass der Krieg sie verschonen würde. Doch die Realität war unerbittlich, und es schien nur eine Frage der Zeit zu sein, bis der Krieg auch ihre friedliche Zuflucht erreichen würde.

Siegfried kehrte eines Abends nach Hause zurück und fand Herta mit einer Zeitung in der Hand. Ihr Gesicht war aschfahl.

»Siegfried ... es ist Dortmund. Es wurde bombardiert«, flüsterte sie und reichte ihm die Zeitung. Die Überschrift lautete: Massiver Bombenangriff auf Dortmund. Siegfrieds Herz schlug wie ein Hammer in seiner Brust. »Wir ... wir hätten dort sein können«, murmelte Herta.

Die Entscheidung, in die kleine Wohnung nach Stolp zu ziehen, war nicht einfach gewesen, aber sie waren dem Schicksal, das ihre frühere Heimstätte ereilt hatte, nur knapp entronnen. Sie hatten das Gefühl, dem Tod ein Schnippchen geschlagen zu haben. Doch während sie in der relativen Ruhe und Sicherheit von Stolp lebten, konnten sie das Echo der Bomben, die auf Dortmund fielen, in ihren Herzen hören.

Siegfrieds Karriere in der Bank begann, sich aufwärts zu entwickeln. Er wurde zweiter stellvertretender Direktor und seine Meinung wurde geschätzt und respektiert.

Eines Nachmittags lud sein Vorgesetzter, Direktor Schmidt, ihn zu einem Gespräch in sein Büro ein. »Herr Kosinsky«, begann der Direktor mit ernstem Gesicht, »Sie wissen, dass die Zeiten sich ändern. Die Partei hat großen Einfluss, und es wäre für Ihre Karriere von Vorteil, wenn Sie Mitglied würden.«

Siegfried sah den Direktor fest an. »Herr Schmidt«, antwortete er entschlossen, »ich respektiere Ihre Meinung, aber ich kann und werde nicht Mitglied der Partei werden. Meine Loyalität gilt meiner Familie, meinen Mitarbeitern und unserer Bank. Die Politik hat in meiner Arbeit nichts zu suchen.«

In den kommenden Monaten veränderte sich das Leben der Familie Kosinsky. Siegfried steuerte das Schiff ihres Lebens durch die wachsenden Stürme, Herta fand Trost in der Nähe ihrer geliebten Familie. Der dunkle Schatten der kommenden Jahre lag jedoch bereits spürbar über ihnen. Doch eins stand fest: Sie würden diese Zeiten zusammen durchstehen.

Die Sommermonate brachten eine willkommene Erleichterung von den düsteren Nachrichten des Krieges, und die Familie packte ihre Taschen und machte sich auf den Weg zu ihrem Lieblingsausflugsziel, dem »Waldkater«. Dieser Waldkater, ein

Ausflugslokal, ein idyllisches Plätzchen inmitten eines grünen Meeres aus hoch aufragenden Kiefern und knorrigen Eichen, war ihnen ein Ort der Ruhe und Entspannung.

»Renate, Eckard, Joachim, nicht zu weit in den Wald hineinlaufen!«, rief Herta, während sie ein Picknick auf einer lichtdurchfluteten Wiese vorbereitete. Die Kinder lachten und rannten umher, ihre hohen Stimmen hallten durch den stillen Wald. Die Luft war erfüllt vom Duft des Waldes, dem süßlichen Aroma von Kiefernnadeln und frisch geschnittenem Gras, das in der Sommerluft tanzte.

An anderen Tagen stiegen sie in den Zug nach Stolpmünde, wo die unendliche Weite der Ostsee auf sie wartete. Das klare, salzige Wasser und der feine, kühle Sand sorgten für eine willkommene Abwechslung von der Enge ihrer Wohnung. Die Kinder bauten Sandburgen und spielten in den Wellen, während Siegfried und Herta die Sonne genossen und den Kindern zusahen. »Bringt mir eine Muschel mit, Kinder«, rief Herta, und die Kinder rannten los, um die perfekte Muschel für ihre Mutter zu finden.

Doch auch in diesen Tagen der scheinbaren Idylle zogen dunkle Schatten über die Landschaft. Gerüchte von Lagern, in denen Juden und Abweichler eingesperrt und getötet wurden, machten die Runde. »Hast du von den Lagern gehört, Siegfried?«, fragte Herta eines Tages leise, als die Kinder am Strand spielten. Siegfried runzelte die Stirn und blickte auf das tiefblaue Meer hinaus. »Ja, ich habe davon gehört«, antwortete er mit schwerer Stimme. »Es ist kaum zu glauben, dass solche Grausamkeiten in unserer schönen Heimat passieren können.«

Trotz der unterdrückten Angst und der unsicheren Zukunft waren diese Ausflüge ein willkommener Ausgleich für die Enge ihrer Wohnung und boten der Familie eine kurze Flucht aus der Realität und eine Chance, die Schönheit ihrer Heimat zu genießen, bevor der Krieg sie einholen würde.

Im Alltag der Familie war eine leise Routine eingezogen. Herta ging ihren täglichen Verpflichtungen nach, kümmerte sich um die Kinder und hielt den Haushalt in Gang. Mit der Zeit bemerkte sie, dass sich die Stimmung unter den Frauen, mit denen sie sich traf, veränderte. Es schien, als ob immer mehr von ihnen die Ideale der Nationalsozialisten übernahmen. Einige sprachen in begeisterten Tönen von der Größe des Reiches und dem starken Führer, der ihnen den Weg weisen würde. Diese fanatische Hingabe zu den Nazis erschreckte Herta, und sie zog sich zunehmend zurück.

»Renate, Eckard, Joachim, kommt zu mir«, rief Herta in den Herbst- und Wintertagen am Abend die Kinder zu sich. Sie saßen im gemütlichen Wohnzimmer, und Herta begann, ihnen die Märchen ihrer Kindheit zu erzählen, Geschichten von Elfen und Naturgeistern, einer Welt voller Wunder und bunter Farben. Sie sprachen von Abenteuern in fernen Ländern, mutigen Prinzen und schlauen Prinzessinnen. Sie lachten gemeinsam, und für eine Weile vergaßen sie die dunkle Wolke, die sich über ihrem Leben zusammenzog.

Doch es waren nicht immer Tage der Freude. Herta wurde immer wieder von düsteren Vorahnungen geplagt. Dann zog sie sich zurück und lief alleine zum Fluss Stolpe, saß am Ufer, lauschte dem Rauschen des Wassers und vertraute dem Fluss ihre Sorgen an.

Ihre Augen verfolgten das glitzernde Licht, das sich auf der kühlen, fließenden Oberfläche brach. Der sanfte Rhythmus des fließenden Wassers schien ein stilles Lied zu singen, eine Melodie der Kontinuität und des Lebens. Sie legte ihre Hand auf das kalte, feuchte Gras, eine physische Verbindung zur Natur, die sie umgab. Sie lehnte sich zurück, ließ die Augen schließen und lauschte dem sanften Plätschern des Flusses, das ihre Gedanken trug. Der Fluss, ein ständiges, unveränderliches Element in ihrem Leben, schien ihre Ängste und Sorgen zu teilen.

»Stolpe, meine Freundin«, flüsterte sie, »die Dunkelheit des Krieges hängt schwer über uns. Ich fürchte um meine Familie, um Siegfried und die Kinder. Wie lange können wir noch in Sicherheit leben?« Sie konnte die Tränen nicht zurückhalten, die sich ihren Weg über ihre Wangen bahnten. Doch trotz ihrer Ängste fand sie einen gewissen Trost in der Anwesenheit des Flusses. Die Stolpe, die unbeeindruckt von den Schrecken der Welt weiterfloss, stand für sie als ein Symbol der Hoffnung in diesen düsteren Zeiten.
Als der Winter einbrach, bereitete die Familie ein üppiges Weihnachtsfest vor. Es war ein schneereicher Winter, und die Luft war erfüllt von der Wärme von Kaminfeuern und dem Duft von gebackenen Plätzchen. Sie aßen gemeinsam, tauschten Geschenke aus und sangen Weihnachtslieder. Es waren die letzten unbeschwerten Tage der Familie.

Am Heiligabend kamen alle Familienmitglieder im Wohnzimmer der Eltern zusammen, in dem ein kleiner Tannenbaum glänzte und leuchtete. Die Kinder hüpften vor Aufregung hin und her, als sie ihre Geschenke auspackten. »Ach, eine neue Wolldecke, danke Mama«, sagte Joachim und lächelte. Siegfried reichte Eckard ein kleines hölzernes Spielzeugauto, und der kleine Junge grinste breit. Auf dem Weihnachtsteller lagen Lebkuchen, Marzipan und Schokolade, die in ihrer Einfachheit eine herrliche Festlichkeit ausstrahlten.

Herta begann ein traditionelles Weihnachtslied, »Am Weihnachtsbaume, die Lichter brennen«, zu singen, und die anderen stimmten ein. Sie schalteten das Radio ein, um die Weihnachtssendungen von den Fronten zu hören. Siegfried runzelte die Stirn, als er die Berichte vom Frontverlauf und dem Kriegsgeschehen hörte, doch er bemühte sich, seine Sorgen zu verbergen und lächelte seine Familie an.

Für die Kinder war Weihnachten jedoch ein besonders spannender Augenblick. Sie halfen ihrer Großmutter Anna, die jede Weihnachten zu Besuch kam, beim Plätzchenteig ausstechen. »Seht, Kinder, so macht man einen Stern«, erklärte die Großmutter, als sie mit ihren geübten, runzligen Händen den Teig ausstach. Eingehüllt in den duftenden Geruch von frisch gebackenen Plätzchen und der Wärme des Küchenofens, schienen die Kinder die düstere Realität des Krieges für eine Weile zu vergessen.

Die Großmutter kümmerte sich auch um den Gänsebraten. »Man muss sie langsam braten, mit viel Geduld«, erklärte sie den Kindern, während sie die Bratpfanne aus dem Ofen zog, um die Gans mit ihrem eigenen Saft zu übergießen. Die köstlichen Düfte, die aus der Küche strömten, versprachen ein herrliches Festmahl.

Die Winter in Pommern waren kalt und schneereich, doch inmitten der eisigen Kälte schien das Weihnachtsfest wie eine warme Flamme, die die Dunkelheit des Krieges für eine Weile durchdrang. Trotz der Sorgen und Ängste, die in den Herzen der Erwachsenen schlummerten, war dieser Heiligabend ein Moment des Glücks, der Freude und der Hoffnung in einer sonst so finsteren Zeit.

Doch trotz der angespannten Atmosphäre und der unsicheren Zukunft hielten sie zusammen und fanden Trost in ihrer Familie und ihrem Glauben an eine bessere Zukunft. Sie wussten nicht, was die Zukunft bringen würde, aber sie waren entschlossen, gemeinsam durch diese schwere Zeit zu gehen. Als Familie würden sie immer zusammenhalten und glaubten sich von einer höheren Macht beschützt.

3. Kapitel: Zeitenwende

In den folgenden Kriegsjahren blieb Stolp merkwürdig unberührt vom Krieg. Die Idylle der Stadt in Pommern blieb auch in den Kriegsjahren intakt, anders als in anderen Orten im Reich. Historische Backsteinhäuser mit schmalen Gassen, dekoriert mit Blumen und kleinen Geschäften, prägten das Stadtbild. Die imposante St. Marienkirche, ein Zeugnis der Backsteingotik, ragte majestätisch über die Stadt hinaus und war ein Wahrzeichen des Ortes. Umgeben war Stolp von weiten Feldern, Wiesen und Wäldern, die die Stadt wie eine grüne Decke einhüllten. Im Norden, nur wenige Kilometer entfernt, erstreckte sich die Ostseeküste mit ihren feinsandigen Stränden und der rauen See. In der Ferne war bei gutem Wetter sogar die Silhouette der Insel Rügen zu erahnen. Die jahreszeitlichen Veränderungen der Landschaft, vom sattgrünen Frühling bis zum schneeweißen Winter, betteten das Leben in der Stadt in ein beständiges, vertrautes Auf und Ab. Doch diese Idylle war trügerisch. Der Zweite Weltkrieg wütete im Osten wie im Westen, und auch Stolp war bald nicht mehr sicher vor den Auswirkungen des Krieges. Die Stadt erlebte eine Zeitenwende, die das Leben der Einwohner für immer verändern würde.

Die Tage verstrichen in einer seltsamen monotonen Ruhe, als ob die Zeit selbst den Atem anhielt. Siegfried, der bisher von der Mobilisierung verschont geblieben war, verfolgte die Nachrichten mit argwöhnischer Sorge.

»In Stolp sind wir sicher, Siegfried«, versicherte Herta, obwohl sie wusste, dass keine Stadt in diesen Zeiten wirklich sicher war.

Joachim, der älteste, war oft stiller Beobachter dieser veränderten Welt. Eines Tages, auf dem Heimweg von der Schule, wurde er unfreiwillig Zeuge von Deportationen. Jüdische Familien, die er kannte und mit denen er aufgewachsen war, wurden aus ihren Häusern abgeführt. Männer, Frauen, Kinder, in der Kälte zusammengetrieben, ihr Atem in der Winterluft zu kleinen Wolken gefrierend.

»Was passiert da, Vater?«, fragte Joachim eines Abends, seine kindlichen Augen von Unverständnis und Angst erfüllt.

Siegfried zögerte einen Moment, bevor er antwortete: »Es sind schwere Zeiten, Joachim. Manche Menschen müssen gehen.« Es waren Worte, die die grausame Wahrheit nur umrissen, genug, um Joachim zu beruhigen, jedoch nicht genug, um seine Fragen zu beantworten.

Der Sommer 1944 brachte in Stolp ein ungewohntes Schauspiel am Himmel: Kondensstreifen alliierter Flieger, die wie silberne Schlangen über den azurblauen Himmel glitten. Die Stadtbewohner, darunter auch Herta, Siegfried und ihre Kinder, sahen oft nach oben, ihre Blicke voller Sorge und Verwunderung.

»Was meinst du, was das bedeutet, Siegfried?«, fragte Herta eines Tages, ihr Blick fest auf den Himmel gerichtet. Siegfried, der neben ihr stand, schaute hinauf und zuckte mit den Schultern.

»Ich weiß es nicht, Herta«, antwortete er leise. »Aber ich fürchte, es ist kein gutes Zeichen.«

Obwohl die Menschen in Stolp von den Kondensstreifen am Himmel beunruhigt waren, ging das Leben weiter. Auf den Märkten verkaufte man weiterhin Brot und Gemüse, die Kinder spielten in den Straßen und die Frauen tauschten die neuesten Gerüchte aus. Doch die Stimmung hatte sich verändert. Es war, als ob eine unsichtbare Gewitterwolke über der Stadt hing, bereit, jeden Moment loszubrechen.

»Vater, warum sind die Menschen so nervös?«, fragte Joachim eines Abends, als sie am Küchentisch beim Abendbrot saßen.

Siegfried schaute seinen Sohn lange an, bevor er antwortete: »Weißt du, Joachim, manchmal passieren Dinge, die schwer zu verstehen sind. Aber egal was passiert, wir müssen stark sein und zusammenhalten.«

In anderen Teilen des Reiches gab es inzwischen täglich Luftalarm, und die Gerüchte, die in Stolp kursierten, wurden immer beunruhigender. Die Menschen sprachen von Luftangriffen auf Hamburg und Berlin, von zerstörten Städten und tausenden von Toten. Doch in Stolp und anderen Orten in Pommern blieb die Realität des Krieges weitgehend ein abstraktes Konzept, etwas, das in den Nachrichten und in den Geschichten von Soldaten, die von der Front zurückkehrten, existierte. Doch die Kondensstreifen am Himmel und die zunehmenden Gerüchte waren eine ständige beunruhigende Erinnerung daran, dass der Krieg näher rückte.

Als der Hochsommer 1944 seinen Höhepunkt erreichte, begann auch die russische Sommeroffensive. Siegfried erfuhr davon durch flüchtende Menschen, die, in ihre Fuhrwerke gepfercht, aus den besetzten Gebieten nach Pommern entkommen waren. Die Geschichten, die sie erzählten, waren erschreckend und ließen Siegfrieds Blut gefrieren. Sie sprachen von brodelnden Kämpfen und unendlicher Zerstörung, die die anrückenden russischen Armeen auf ihrem Weg hinterließen.

Ein alter Soldat, der in Stolp Halt gemacht hatte, erzählte Siegfried von den unaufhaltsamen russischen Truppen, die alles in ihrem Weg niederwalzten. »Sie kommen, und sie kommen schnell«, sagte er, sein Gesicht gezeichnet von dem Horror, den er gesehen hatte.

Siegfrieds Herz krampfte sich bei den Worten des Soldaten zusammen. Er konnte sich nicht vorstellen, dass die ruhige Stadt Stolp einem solchen Schicksal ausgeliefert werden könnte. Doch die Realität des Krieges war jetzt unvermeidlich, und die Nachrichten, die er erhielt, ließen keinen Raum für Zweifel. Die russische Offensive war in vollem Gange und kam mit einer Macht und Entschlossenheit, die alles in den Schatten stellte, was Siegfried sich hätte vorstellen können.

Im Spätsommer 1944 schließlich begegnete man noch häufiger Soldaten auf den Straßen, aber das hatte auch vorher schon zum Stadtbild gehört, denn schließlich war Stolp seit jeher Garnisonsstadt gewesen. In ihren Uniformen und mit ihren glänzenden Stiefeln strahlten sie eine gewisse Autorität und Stärke aus, doch in ihren

Augen trugen sie oft einen Schatten, ein Zeichen der Sorge mit sich. Sie waren Söhne, Brüder und Väter, die ihre Familien und ihre Heimat verlassen hatten, um in einem Krieg zu kämpfen, der immer weiter an Intensität gewann. Die Bewohner von Stolp betrachteten sie mit gemischten Gefühlen - Stolz auf ihr Engagement, Sorge um ihr Wohlergehen, aber auch eine zunehmende Angst vor dem, was kommen könnte.

Gegen Ende der zweiten Jahreshälfte 1944 nahm das Bild der pferdebespannten Fuhrwerke, die durch die anliegende Geerstraße fuhren, weiter zu. Hoch beladen mit Hab und Gut, darauf Männer, Frauen und Kinder, die mit sorgenvollen Gesichtern in die Ferne blickten. Die Räder der Fuhrwerke knarrten unter der schweren Last, die Pferde atmeten schwer und schienen erschöpft von der langen Reise. Anfangs waren es nur vereinzelt solche Szenen, doch mit jedem Tag wurden es mehr.

Siegfried beobachtete das Geschehen mit wachsender Sorge. Seine Mitarbeiter, meist ältere Männer, die sich von Hitlers Propaganda über die Realität des Kriegs hinwegtäuschen ließen, während die jungen Männer längst an der Front waren, winkten diese Sorgen ab.

»Hitler hat alles im Griff, Siegfried«, versicherten sie ihm immer wieder, doch Siegfried konnte ihren Optimismus nicht teilen. Er hatte die Nachrichten gehört, Gerüchte über misslungene Feldzüge, über die Niederlagen an der Ostfront.

Eines Tages, als wieder eine Karawane von Fuhrwerken vorbeizog, konnte er nicht länger schweigen.

»Seht Ihr das nicht?«, fragte er seine Mitarbeiter. »Das sind Flüchtlinge. Sie fliehen vor dem Krieg. Vor den Russen.«

Einige seiner Mitarbeiter lachten nur. »Nicht so pessimistisch, Herr Kosinsky«, meinte einer von ihnen. »Unsere Wehrmacht ist stark. Die Russen werden uns nicht erreichen.«

Doch Siegfried schüttelte den Kopf.

»Ich fürchte, Ihr unterschätzt die Lage«, sagte er leise. Er dachte an die Gerüchte, die er gehört hatte, Gerüchte von Gräueltaten deutscher Soldaten in Russland. Wenn diese wahr waren, dann würde die Rache der Russen unerbittlich sein. »Wir müssen uns auf das Schlimmste vorbereiten«, sagte er schließlich. Doch seine Worte schienen im Wind zu verhallen. Die meisten Menschen in Stolp waren noch immer davon überzeugt, dass der Krieg sie nicht erreichen würde. Sie wollten nicht wahrhaben, dass ihre Stadt und ihr Leben bald völlig verändert sein würden.

Joachim, inzwischen schon fast ein junger Mann, spürte die Anspannung in der Stadt, die immer lauter werdenden Gerüchte und die Sorgen seiner Eltern. Er fragte sich, was wohl aus ihnen werden würde, wenn der Krieg tatsächlich nach Stolp kommen sollte. Tief in seinem Inneren wusste er, dass nichts mehr so sein würde wie zuvor. Der Krieg hatte bereits seine Spuren hinterlassen und die Zukunft war ungewiss. Das Grauen des Krieges lag über Stolp wie eine düstere Wolke, die jeden Moment losbrechen konnte.

Der Herbst brachte eine neue Wende für die Stadt und seine Bewohner. Der Krieg kam näher, unaufhaltsam wie ein dunkler, alles verschlingender Schatten. Die Nachricht von den alliierten Truppen, die immer weiter Richtung Deutschland vorrückten, verbreitete sich schnell. In den Straßen gab es immer mehr Soldaten, die in Eile unterwegs waren, und in hastig aufgestellten Feldlazaretten wurden verwundete Soldaten versorgt. Die Idylle von Stolp war endgültig vorbei.

Es wurde Winter. Die eisige Stille von Stolp wurde nur vom Knirschen des Schnees unter den Stiefeln der vorbeiziehenden Truppen und dem fernen Pfeifen der Züge unterbrochen, die ins Unbekannte fuhren. Inmitten all dieser Veränderungen bemühten sich die Stolper Bürger, ihren Alltag zu bewahren, einen Alltag, der jedoch von zunehmendem Unbehagen und der ständigen Präsenz des Krieges gezeichnet war.

Der Herbst war in angespannter Erwartung des großen Unheils, das sich allerorten abzeichnete, gekommen und gegangen.

Der Winter 1944/1945 war einer der härtesten, die Stolp je erlebt hatte. Die Stadt, die sonst in weihnachtlicher Vorfreude erstrahlte, wirkte gedämpft, fast wie eingefroren. In der Wohnung der Familie Kosinsky in der Augustastrasse war es jedoch warm und gemütlich. Siegfried und Herta hatten ihr Bestes getan, um das Haus weihnachtlich zu schmücken und eine Atmosphäre der Normalität zu schaffen, doch die besorgten Blicke, die sie austauschten, verrieten ihre wahren Gefühle.

»Wir haben immer noch genug Kohlen im Keller, Siegfried«, versuchte Herta ihren Mann zu beruhigen, als sie den Tannenbaum schmückten. »Und genug zu Essen haben wir auch. Die Kinder sollen ein schönes Weihnachtsfest haben.«

Siegfried nickte, zwang sich zu einem Lächeln. »Ja, Herta. Du hast Recht.« Er sah zu seinen Kindern, die gerade ihre Weihnachtslieder übten - Joachim, Eckard und die kleine Renate. »Wir werden das Beste draus machen.«

Am Weihnachtstag saßen sie alle beisammen, sangen Weihnachtslieder und lauschten den Geschichten der Großmütter – Oma Anna aus Stettin und Oma Martha, Siegfrieds Mutter, genannt Amama, aus dem Dörfchen Schlawe ganz in der Nähe von Stolp. Beide waren zu Besuch gekommen. Siegfried und Herta tauschten Blicke, in denen die Sorge um die Zukunft zum Ausdruck kam. »Was wird werden?«, schienen Hertas Augen zu fragen. Siegfried konnte ihr keine Antwort geben.

Am späten Abend, als die Kinder schliefen, standen beide am Fenster und blickten auf die leere, mit Schnee bedeckte Straße hinaus. »Die Russen kommen näher, Herta«, sagte Siegfried leise. »Wir können nur hoffen, dass der Krieg bald vorbei ist.«

Herta legte ihre Hand auf seine und drückte sie fest.

»Was auch immer passiert, Siegfried«, sagte sie mit fester Stimme, »wir halten zusammen. Wir sind eine Familie. Und wir werden das durchstehen.«

So endete das letzte gemeinsame Weihnachtsfest der Familie in Stolp, das letzte Weihnachten, dass alle fünf gemeinsam mit den Großmüttern feiern konnten - nicht mit der üblichen Fröhlichkeit und Ausgelassenheit, sondern mit einer Mischung aus Hoffnung und

Angst. Es war eine stille Nacht, ein Reflex auf die ungewisse Zukunft, die vor ihnen lag. Aber in all dem Ungewissen und all der Angst waren sie sich in einem Punkt sicher: Sie würden zusammenhalten, komme, was wolle.

Mit dem Beginn des Jahres 1945 war die Realität des Krieges auf den eisigen Straßen von Stolp unübersehbar. Tag für Tag zog eine endlose Kolonne von Fuhrwerken durch die Stadt, beladen mit Habseligkeiten, die man noch hatte retten können. Die Pferde, deren Atem in der klirrenden Kälte zu kleinen Wolkenschleiern gefror, hatten große Schwierigkeiten, die schweren Wagen über die verschneiten und vereisten Straßen zu ziehen. Ihre Flanken zitterten vor Anstrengung unter den dicken Winterdecken. Die Menschen auf den Wagen waren in dicke Winterkleidung gehüllt - in Schaffelle, Wollmäntel und selbstgestrickte Schals. Ihre Gesichter waren von der Kälte gerötet. Aber trotz ihrer Bemühungen, sich gegen die Kälte zu schützen, sah man ihnen die Strapazen des Krieges an. In ihren Augen lag eine Mischung aus Erschöpfung, Angst und Entschlossenheit. Kinder kuschelten sich an ihre Mütter, die versuchten, ein Lächeln aufzusetzen, um ihre Kleinen zu beruhigen. Die Männer, die die Wagen führten, ihre Hände um die kalten Zügel gewickelt, blickten stur nach vorne, ihre Gesichter vom eisigen Wind gezeichnet.

Die schneebedeckten Straßen waren gefährlich glatt und in der Dunkelheit nur vom schwachen Licht der Petroleumlampen erhellt, die an den Wagen hingen. Ab und zu ertönte das verängstigte

Wiehern eines Pferdes, das mit dem rutschigen Untergrund kämpfte, oder das stoische Fluchen eines Mannes, der versuchte, das Gleichgewicht seines Wagens wiederzufinden. Trotz der widrigen Bedingungen strebte die Kolonne unbeirrt weiter, getrieben von der Hoffnung, der immer näher rückenden Front zu entkommen. Die Stolper Bürger sahen dem endlosen Zug der Wagen mit wachsender Angst und Sorge zu. Was einst eine Stadt voller Leben und Wohlstand gewesen war, war nun ein Ort voller Furcht und Unsicherheit.

An einem kalten Januarmorgen, als Siegfried und Herta am Frühstückstisch saßen, kam die Nachricht von Hitlers neuestem Befehl.

»Sie ziehen Truppen aus Polen ab und schicken sie nach Ungarn, dadurch ist Pommern eine leichte Beute, nur schwach geschützt.«, berichtete Siegfried mit einer Mischung aus Empörung und Unverständnis in seiner Stimme. »Das munkelt man in der Reichsbank. General Guderian hat Hitler angeblich gewarnt, aber er hört nicht. Er will Budapest um jeden Preis halten und die rumänischen Ölfelder verteidigen.«

»Macht das denn Sinn?«, fragte Herta, ihre Augen mit Sorge gefüllt.

»Wenn die Russen angreifen, dann wahrscheinlich über die Weichsel und nicht in Ungarn«, entgegnete Siegfried. »Aber Hitler sieht das anders. Er ignoriert die Ratschläge seiner Generäle.«

Die nächsten Wochen brachten eine Welle von Veränderungen. Am 12. Januar 1945 startete die Rote Armee eine Großoffensive von ihren Brückenköpfen an der Weichsel aus. »Sie dringen weit in den Westen vor«, berichtete Siegfried eines Tages mit bleichem Gesicht. »Sie werden es bis zur Oder und Neiße schaffen.«

In der folgenden Zeit sahen Siegfried und Herta immer wieder gelbe Flugblätter und Passierscheine, die von den Sowjets über der Front abgeworfen wurden. »Sie wollen den Soldaten zeigen, dass weitere Abwehrschlachten sinnlos sind«, erklärte Siegfried. »Sie ermutigen sie zur Gefangennahme oder Desertion.«

»Aber was passiert mit denen, die desertieren?«, fragte Herta mit zitternder Stimme.

Siegfried senkte den Blick. »Wenn die Feldgendarmerie sie als Wehrmachtsdeserteure aufgreift, werden sie standrechtlich erschossen«, sagte er leise. Herta schloss die Augen und drückte Siegfrieds Hand. Trotz der Dunkelheit, die sie umgab, hielten sie zusammen, stärker denn je.

In den nächsten Tagen plärrte das Radio unheilvolle Propaganda in den Raum, die schon lange nichts mehr mit der Realität gemein hatte. Siegfried wusste wie viele andere auch, dass der Krieg verloren war. Aber was sollten sie tun? Gehen oder bleiben? Aus Ostpreußen flüchteten viele Menschen, die Angst vor dem Vorrücken der Russen war allgegenwärtig, und die Kunde von Gräueltaten, die sie an der Zivilbevölkerung verübten, machte die Runde.

»Herta«, sagte Siegfried, während er sorgenvoll auf die Karte starrte, an der rote Pfeile den Vormarsch der Russen zeigten. »Ich mache mir Sorgen um Joachim.«

Anfang Januar 1945 wurden mehr und mehr Hitlerjungen zum Kriegsdienst einberufen. So auch ihr Sohn Joachim, ein fröhlicher 14-jähriger Junge, der plötzlich in die wirren Schrecken des Krieges gezogen wurde. Eines Tages kam ein Lastwagen und nahm ihn auf dem Weg zur Schule mit. Die Familie wusste nicht, wohin. Erst in den Tagen danach legten sie sich zurecht, dass man ihn eingezogen hatte. Hitlers letztes Aufgebot, der Volkssturm, hatte begonnen.

»Ich weiß, Siegfried«, antwortete Herta mit zittriger Stimme, während sie nervös die Hände wrang. »Aber wir können nur beten und hoffen, dass er in Sicherheit ist.«

Die Stimmung in der Familie war ernst. Besorgt verfolgten Siegfried, Herta und die Großmütter die Entwicklung in Ostpreußen, wo erbittert gegen die Rote Armee gekämpft wurde, aber nicht verhindert werden konnte, dass die Front immer näher an Pommern heranrückte. Die Ungewissheit, was mit Joachim geschehen war, lastete schwer auf dem Familienleben. Es war eine Zeit der Angst, des Wartens und des Verlustes. Aber trotz allem hielten sie zusammen, getragen von der Hoffnung auf bessere Zeiten.

»Wir müssen stark sein, Herta«, sagte Siegfried und nahm seine Frau in den Arm. »Für Joachim und für die Kinder. Wir werden das durchstehen. Zusammen.«

Swinemünde, Februar/März 1945

Am Morgen des Tages, als Joachim und die anderen Hitlerjungen eingesammelt nach Rügenwalde gebracht wurden, war die Kälte im Inneren der Kaserne fast genauso durchdringend wie draußen. Sie wurden in eine große Halle geführt, in der sie schnell in die Kunst des Funkens eingewiesen wurden. In rauem Ton und mit großer Eile wurden sie darin unterrichtet, wie man Nachrichten sendet, empfängt und verschlüsselt. Jeder Tag wurde von der untergehenden Sonne markiert, die durch die schmalen, hohen Fenster der Kaserne strömte, und die Jungen wurden in den späten Abendstunden in ihre Schlafsäle entlassen.

Etwa gegen Ende Februar wurden sie nach Swinemünde verlegt. Sie kamen in einer weiteren Kaserne unter, blieben aber weitgehend sich selbst überlassen. Die Fenster der Kaserne blickten auf einen großen, leeren Innenhof, der von hohen Stacheldrahtzäunen umgeben war.

»Es ist, als würde niemand bemerken, dass wir hier sind«, sagte einer seiner Kameraden, als sie eines Nachts in ihren Betten lagen.

Die Tage vergingen, und die Jungen fühlten sich immer mehr entfremdet.

»Lasst uns hier abhauen«, sagte schließlich einer von ihnen, als sie eines Abends zusammen in ihrem Schlafsaal saßen. Es war ein riskanter Vorschlag, der mit der größten Vorsicht geäußert wurde. Wenn die Feldjäger sie entdeckten, wäre ihr Verhalten schnell als Fahnenflucht ausgelegt worden.

Sie verbrachten die nächsten Tage damit, ihre Flucht zu planen. Sie wählten den 11. März, einen Tag, an dem der Himmel klar und der Mond hell war. Sie schlichen sich aus ihren Betten, zogen ihre Stiefel an und gingen leise zur Rückseite der Kaserne. Sie kletterten über den Stacheldrahtzaun und rannten in die Dunkelheit hinein, immer in der Hoffnung, nicht entdeckt zu werden. Glücklicherweise wurde ihre Flucht nicht bemerkt und sie entkamen in die Nacht.

Die Sonne war gerade über den östlichen Horizont gekrochen, als sie die Erschütterung in der Ferne spürten. Ein dumpfer Klang, als ob ein riesiger Hammer die Erde schlagen würde. Immer wieder und wieder. Es war der 12. März, nur einen Tag nach ihrer Flucht aus Swinemünde. Sie sahen, wie der Himmel hinter ihnen in Flammen aufging, ein grausames Inferno aus Feuer und Rauch. Über 600 amerikanische Bomben hatten Swinemünde in ein Schlachtfeld verwandelt, und mehr als 23.000 Menschen hatten ihr Leben verloren. Es war ein erschütterndes Erwachen, ein katastrophales Ereignis, das das grausame Ausmaß des Krieges zeigte.

Fröstelnd, schockiert, aber auch erleichtert, hatten sie Swinemünde rechtzeitig verlassen. Sie schauten sich an, die Augen weit aufgerissen vor Entsetzen und Dankbarkeit.

»Wir hatten Glück, Jungs«, sagte Joachim leise. »Verdammt viel Glück.«

In den folgenden Tagen stießen sie auf eine Einheit der Wehrmacht. Die Soldaten waren anfangs misstrauisch, aber als sie erfuhren, dass die Jungen aus Swinemünde entkommen waren, nahmen sie sie auf. Sie sorgten dafür, dass sie ihre Hitlerjugenduniformen ablegten und Wehrmachtskleidung bekamen.

»In Zeiten wie diesen ist es besser, ein Soldat zu sein als ein Junge«, sagte einer der Soldaten, ein harter Mann mit freundlichen Augen. »Und wenn die Russen kommen, ist es besser, ein Soldat zu sein als ein Hitlerjunge.«

Sie verstanden die Implikationen. Als Hitlerjungen hätten sie bei einer Gefangennahme durch die Russen keine Chance gehabt. Sie hätten sofort erschossen werden können, und das Gleiche hätte für die Soldaten gegolten, die sie begleiteten. Es war eine grausame Realität des Krieges, aber es war die Realität, in der sie lebten.

So setzten sie ihren Weg fort, immer in Richtung Westen, begleitet von den Männern der Wehrmacht. Sie waren immer noch Jungen, aber sie waren Jungen in einer Welt des Krieges und des Überlebens. Und auch wenn sie ihre Kindheit verloren hatten, hatten sie doch ein Stück Freiheit gewonnen. Sie waren nicht länger Hitlerjungen, sie waren Soldaten. Und sie waren am Leben.

Joachim hatte weiter das Glück auf seiner Seite. Trotz der gnadenlosen Umstände des Krieges, trotz der endlosen Tage des Wartens und der Unsicherheit, wurde er nie in Kampfeinsätze einbezogen.

»Wir brauchen dich hier hinten, Joachim«, sagten die Soldaten, die eine merkwürdige Art von Anstand in ihren Herzen trugen, immer wenn die Zeit für einen Kampfeinsatz kam. Sie schickten ihn immer weg, weg von der Front, weg von dem unsichtbaren Feind.

Joachim kämpfte sich in Richtung Westen durch, immer auf der Flucht, immer auf der Suche nach Sicherheit. Und schließlich, kurz vor der Kapitulation, erreichte er Schleswig-Holstein. Er kam in dem kleinen Dorf Neukirchen bei Malente an, einem Ort, der weit entfernt von den Schrecken des Krieges zu sein schien. Hier fand er einen Bauern, der bereit war, ihm Unterschlupf und Nahrung zu bieten, im Austausch für seine Hilfe auf dem Bauernhof.

»Du musst hart arbeiten, Junge«, sagte der Bauer, als Joachim zum ersten Mal auf die ausgedehnten Felder blickte, die unter dem grauen Himmel weithin sichtbar waren. »Aber ich verspreche dir, du wirst hier sicher sein.«

Und so tat Joachim, was von ihm verlangt wurde. Er arbeitete von Sonnenaufgang bis Sonnenuntergang, lernte, wie man das Land bestellt, wie man Pflanzen pflegt und wie man Tiere versorgt. Er fand Trost in der einfachen Routine des Bauernlebens, weit weg von seiner Familie, die weit entfernt im Osten war, doch in Sicherheit - vorerst. Und er vertraute darauf, dass er sie alle, die Gesichter, die er so sehr liebte, eines Tages wiedersehen würde.

Stolp, Februar 1945

Es war ein eisiger Wintertag, der Himmel war grau, und der Geruch von verbrannten Kohlen hing schwer in der Luft. Herta, Eckard, Renate und die Großmutter Anna standen auf dem Schulhof der örtlichen Grundschule und beobachteten, wie die Männer des Volkssturms in Reih und Glied aufmarschierten.

Sie alle trugen lange Mäntel und am Ärmel eine weiße Armbinde, die das Symbol des Volkssturms trug. Es war ein Anblick, der gleichermaßen erstaunte wie beängstigte. Diese Männer - Väter, Ehemänner und Söhne - die sich nun in der bitteren Kälte auf dem Schulhof versammelten, waren bereit, sich einer unbekannten Gefahr zu stellen. Einige von ihnen Greise, andere noch Kinder mit verängstigten Gesichtern.

»Es ist kaum zu glauben, nicht wahr?«, murmelte Eckard, sein Atem bildete kleine Wölkchen in der kalten Luft. »Joachim und Vater ... beide weg.«

Herta legte einen Arm um Eckard und drückte ihn fest an sich. »Sie werden wiederkommen. Wir müssen stark sein, Eckard«, sagte sie mit leiser, zitternder Stimme. »Für sie und für uns. Sie tun, was sie können, und wir müssen dasselbe tun.«

In der Ferne ertönte ein Pfiff, und die Männer des Volkssturms begannen, sich in Richtung Bahnhof zu bewegen. Sie marschierten in Reih und Glied, ihre Schritte hallten auf dem gepflasterten Schulhof wider und mischten sich mit dem Rauschen des Windes.

»Komm bald wieder nach Hause, Vati«, murmelte Renate, ihre kleinen Hände fest ineinander geklammert. »Bitte, komm bald wieder nach Hause.«

Die Familie stand noch lange da, selbst nachdem die Männer des Volkssturms schon außer Sichtweite waren. Sie standen da im kalten Winterwind, ihre Herzen voller Sorge und ihr Geist voller Fragen. Aber sie standen zusammen, als Familie, als Einheit, bereit, die kommenden Herausforderungen gemeinsam zu bewältigen.

Die Aussichten auf ein Wiedersehen waren trübe. Sowohl Joachim als auch Siegfried waren nun in den unberechenbaren Strudel des Krieges gezogen worden, eine Realität, die die Familie Kosinsky wie ein Blitz traf. Herta, obwohl äußerlich ruhig, trug eine innere Unruhe in sich. Die Last der Verantwortung für ihre verbleibende Familie lag nun auf ihren Schultern. Und dazu kam noch eine weitere Bedrohung: Die Russen rückten immer näher an Pommern heran.

»Es heißt, Insterburg wird belagert«, teilte die Großmutter eines Tages mit, als sie mit bleichem Gesicht und einem Bündel Zeitungen unter dem Arm ins Haus zurückkehrte. Die Worte hingen in der Luft, schwer und erdrückend, wie der bittere Winter, der draußen tobte.

»Ich habe von Kämpfen auf den Straßen gehört«, fügte die Großmutter noch hinzu, ihre Stimme kaum mehr als ein Flüstern. »Sie sagen, die Russen sind unerbittlich.«

Herta sah auf ihre Kinder, ihre Augen fest und entschlossen. »Wir können uns nicht von der Furcht beherrschen lassen«, erklärte sie. »Joachim und unser Vater ... sie kämpfen beide für uns. Wir müssen stark bleiben. Für sie. Und für uns.«

In den folgenden Wochen schien das Rasseln von Panzern und das ferne Grollen von Artillerie zum ständigen Hintergrundgeräusch ihres Lebens zu werden. Sie lebten in ständiger Angst und hielten doch zusammen, stärkten sich gegenseitig und hofften auf ein Ende, das immer unerreichbarer zu werden schien.

»Wir müssen fest daran glauben, dass sie zurückkommen werden«, sagte Herta eines Abends, als sie zusammen im dunklen, kalten Wohnzimmer saßen. »Wir müssen an sie glauben. Und wir müssen glauben, dass wir das alles überstehen werden. Zusammen.«

Februar 1945, zwischen Stolp und Schneidemühl

Der eisige Wind schnitt durch Siegfrieds Kleidung, während er sich mit den anderen Männern in die Waggons drängte. Sie waren mehr als hundert, allesamt aus Stolp, und ihr Ziel war Schneidemühl.

»Ein jeder von euch ist nun ein Teil des Volkssturms«, hatte Major Baron Jesko von Puttkammer gesagt, ein Veteran aus dem Ersten Weltkrieg, der seine alte Uniform trug und die einzige Waffe, eine Pistole, bei sich hatte. Die restlichen Männer, darunter halbe Kinder und Greise, waren unbewaffnet. Sie sollten in Schneidemühl Waffen erhalten.

Der Zug bewegte sich mühsam vorwärts, und plötzlich wurden sie von russischen Panzern beschossen.

»Raus aus den Waggons!«, rief jemand, und die Männer stürzten sich in den Schnee, sammelten sich in einer Mulde im Schutz eines angrenzenden Waldes. Der Major befahl nun den Rückmarsch nach Stolp. Weshalb, erfuhren die Männer nicht. Der Marsch war anstrengend und zermürbend. Sie marschierten querfeldein durch knietiefen, manchmal hüfthohen Schnee, da die Straßen von den Flüchtlingstrecks blockiert waren.

»Wir wechseln die Spurgruppe alle halbe Stunde«, befahl der Major. »Kräftige Männer voraus, um eine Bahn zu trampeln.«

Die Männer folgten dem Befehl und marschierten weiter, machten nur kurze Pausen in Waldstücken, wo sie rasch große Feuer entfachten. Siegfried fühlte vor Kälte seine Beine nicht mehr, aber der Gedanke an seine Familie trieb ihn voran.

Als sie schließlich wieder in Stolp ankamen, wurden sie von den Einheimischen auf dem Stephansplatz vor dem Rathaus begrüßt. Siegfrieds Herz füllte sich mit einer Mischung aus Erschöpfung, Erleichterung und Sorge, als er die vertrauten Gesichter sah. Er hatte den Einsatz im Volkssturm überlebt, aber der Krieg war noch lange nicht vorbei.

Als Siegfried die Treppe zur Wohnung hinaufstieg, zerbrach das Eis unter seinen Stiefeln, und die Wärme des Treppenhauses, die erste Wärme seit langem, schnitt durch seine abgenutzte Kleidung. Mit zitternden Händen öffnete er die Tür. »Ich bin zu Hause«, sagte Siegfried leise, seine Stimme kaum mehr als ein Flüstern. Ein Moment der Stille, dann brach Herta in Freudentränen aus und stürzte sich in seine Arme. »Siegfried! Du bist zurück!« Sie hielt ihn fest, als könnte er jederzeit wieder verschwinden, ihre Tränen benetzten seine Schulter. Eckard und Renate kamen herbeigelaufen, ihre Augen weit aufgerissen vor Überraschung und Freude. »Vati!« riefen sie, während sie sich um seinen Hals warfen.

Siegfried umarmte seine beiden Kinder fest, seine Augen feucht. »Ich bin zurück«, wiederholte er, seine Stimme voller Erleichterung und Erschöpfung. Die Großmutter stand in der Tür zum Wohnzimmer, ihre Hände vor den Mund geschlagen, Tränen der Erleichterung und des Glücks in ihren Augen, als sie ihren Schwiegersohn erkannte, den sie längst verloren geglaubt hatte. Sie begrüßten Siegfried mit einem herzhaften Abendessen, servierten Bohnensuppe und Rindfleisch, alles, was sie gerade zur Verfügung hatten. Sie saßen um den Tisch, lachten, weinten und teilten Geschichten. Siegfried erzählte von seiner Reise, von den harten Bedingungen, dem heftigen Beschuss, der Angst und Unsicherheit.

Die Wohnung, die normalerweise kalt und beklemmend war, schien an diesem Abend warm und einladend. Frieden und Freude durchdrangen die Mauern, als hätte die Hoffnung einen Weg zurück in ihr Zuhause gefunden. Es war ein Wunder, Siegfrieds Rückkehr, ein unerwartetes Geschenk inmitten von Krieg und Chaos.

Stolp, Februar 1945

Die Tage vergingen in einem bedrückenden Gefühl der Unsicherheit und Angst. Eckard und Renate, beide Kinder wurden gezwungen, erwachsen zu werden, bevor ihre Zeit gekommen war. Sie fragten sich oft, ob sie jemals wieder die Unbeschwertheit ihrer Kindheit erleben würden.

»Einen Ball habe ich seit Wochen nicht mehr gesehen«, sagte Renate eines Abends, als sie alle am Esstisch saßen. »Ich vermisse das Ballspielen.«

»Und ich vermisse die Schule«, fügte Eckard hinzu, ein Ausdruck der Sehnsucht in seinen jungen Augen. »Ich vermisse die Geschichten, die unsere Lehrerin uns vorgelesen hat.«

Herta und Siegfried sahen sich an. Die traurigen Geständnisse ihrer Kinder waren ein schmerzhafter Spiegel der Realität, in der sie lebten. Siegfrieds Arbeit in der Reichsbank ging zwar weiter, doch auch dort war die Atmosphäre von Sorge durchdrungen.

»Die Reichsbank hat begonnen, Gold und Devisen in den Tresoren im Harz zu verstecken«, berichtete Siegfried. »Man sagt, es ist eine Vorsichtsmaßnahme für den Fall, dass die Russen in Berlin einmarschieren.«

»Ich habe heute mit Frau Meier gesprochen«, sagte Herta, ihren Blick fest auf Siegfried gerichtet. »Sie sagt, sie hat gehört, dass die Russen schon in der Nähe von Breslau sind.« Die Luft im Raum wurde noch schwerer. Der Krieg kam immer näher, aber die Familie Kosinsky hielt zusammen, gekettet durch ihre gemeinsame Sorge und das Bestreben, die kommenden Herausforderungen gemeinsam zu bewältigen. Niemals würden sie zulassen, dass der Krieg ihre Hoffnung, ihren Glauben oder ihre Liebe füreinander zerschmetterte.

Pommern, einst ein idyllisches Land mit weiten Feldern und glitzernden Seen, war nun ein gefrorenes Schlachtfeld, in dem der Schnee mit dem grausamen Rot des Krieges gefärbt war.

Die Familien, die in ihren bescheidenen Häusern Schutz suchten, waren von einer unaussprechlichen Angst ergriffen. Die Schatten des Krieges lagen schwer auf ihren Herzen, und die Nachrichten, die aus Ostpreußen und dem weiteren Deutschen Reich kamen, verdüsterten ihre Stimmung weiter. Die einst so stolze Stadt Insterburg war bereits in den Händen der Roten Armee, und die Meldungen von der brutalen Behandlung der Bevölkerung durch die Sieger waren schreckliche Gerüchte, die durch die Straßen waberten.

Die geradezu apokalyptischen Szenen auf den Fluchtrouten zogen sich quer durch das Land. Hunderttausende von Menschen, ganze Familien, drängten sich wie eine unaufhaltsame Flut auf die Straßen, getrieben von der verzweifelten Hoffnung, der heranrückenden Roten Armee zu entkommen. Die Bilder dieser Menschenmassen, die sich mühsam ihren Weg durch den Schnee bahnten, gebeugt unter der Last ihrer Habseligkeiten, waren so erschreckend, dass sie das Herz eines jeden, der sie sah, zum Bluten brachten.

Die Kriegsentwicklung war so gnadenlos wie der Winter, der das Land in einen eisigen Griff genommen hatte. Die Ardennenoffensive war gescheitert, und die Alliierten drängten von Westen her auf das Reich zu. In der Luft lag der süßliche Geruch von Sprengstoff und Verzweiflung, während die Tage in einem stetigen Rhythmus von Bombenangriffen und Schusswechseln zerrannen.

Aber trotz der Schrecken des Krieges und der beängstigenden Nähe des Feindes hielten die Menschen in Pommern zusammen. Sie teilten ihre Mäntel mit den Frierenden, ihr Brot mit den Hungrigen und ihre Hoffnung mit den Verzweifelten. Sie weigerten sich, ihrem

Schicksal ergeben gegenüberzustehen und kämpften stattdessen mit unerschütterlichem Mut und der festen Entschlossenheit, diesen dunklen Zeiten zu trotzen.

Der Winter Anfang 1945 in Pommern war ein eiskalter Zeuge der grausamsten Seite der Menschheit und gleichzeitig ein stummer Beobachter der unzerbrechlichen Stärke des menschlichen Geistes. Im Angesicht des Krieges zeigte sich die Wahrheit ihrer Entschlossenheit, und die Menschen von Pommern bewiesen, dass sie nicht so leicht gebrochen werden konnten und ein Wunder jederzeit geschehen konnte.

4. Kapitel: Das Versprechen

Stolp, März 1945

An einem bitterkalten Abend Anfang März 1945, während der Schnee
leise auf die gefrorene Erde fiel und die Dunkelheit der Nacht sich
über Pommern legte, saß Herta allein in ihrer bescheidenen Küche.
Das schwache Licht der Petroleumlampe warf flackernde Schatten
auf die Wände des Raumes, die mit ausgeblichenen Tapeten und
alten Familienporträts geschmückt waren. In der Luft hing der Duft
von Holz und Kohle, der Wind zischte leise durch die Ritzen in den
Fenstern.

Plötzlich erfüllte ein wärmeres, helleres Licht den Raum, das Herta
zwang, ihre Augen zu schließen. Als sie sie wieder öffnete, war ihr,
als stand eine Gestalt vor ihr von strahlender Schönheit. Ein Engel,
im wahrsten Sinne des Wortes, mit goldenem Haar, das im Licht
schimmerte, und Augen so blau wie der Himmel an einem klaren
Sommertag. »Herta«, hörte sie den Engel sagen, mit einer Stimme so
sanft und beruhigend wie das Flüstern des Windes in den
Weizenfeldern. »Du sollst keine Angst haben vor der Zukunft.
Solange es dir gelingt, die Familie zusammenzuhalten, wird euch
kein Leid widerfahren. In eurer Liebe zueinander liegt die größte
Kraft.«

Herta starrte auf die Erscheinung, stumm vor Überraschung und
Ehrfurcht. Sie war eine pragmatische Frau, aufgewachsen in dem
protestantisch geprägten Pommern. Engel und Visionen waren ihr

fremd und passten nicht in ihre Weltanschauung. Aber sie konnte
nicht leugnen, was sie da gerade gespürt und gehört hatte.

»Ich verstehe«, antwortete sie schließlich, ihre Stimme zitterte
leicht. Der Engel schien sanft zu lächeln, dann verschwand er so
plötzlich, wie er erschienen war, und hinterließ nur das flackernde
Licht der Petroleumlampe und das leise Knistern des Feuers im Ofen.

Herta erzählte niemandem von ihrer Erscheinung. Aber in den
folgenden Tagen und Wochen, während der Krieg immer näher
rückte und die Dunkelheit sich immer weiter über Pommern legte,
klammerte sie sich an die Worte des Engels. Sie hielt ihre Familie
zusammen, schenkte ihnen Liebe und Hoffnung in dieser dunklen
Zeit und fand in deren Gegenliebe eine Kraft, die sie niemals für
möglich gehalten hätte.

Einige Tage später kehrte Siegfried von der Arbeit nach Hause
zurück. Sein Gesicht war ernst und nachdenklich, gezeichnet von den
Herausforderungen und Unsicherheiten der Zeit. Die Umstände der
letzten Monate hatten in ihm eine tiefe Ernsthaftigkeit geweckt, die
sich in jedem Schritt und jedem Blick widerspiegelte. Als er seine
Mütze abnahm und seinen Mantel aufhängte, inzwischen eine
gewohnte Routine nach wiederholten Abschieden und Sorgen, spürte
er die Last der Verantwortung auf seinen Schultern.

»Ich habe Neuigkeiten«, begann er schließlich, seine Stimme ruhig
und bedacht. Die Kinder sahen ihren Vater mit großen Augen an, ihre
jungen Seelen von einer Mischung aus Neugier und Angst erfüllt.

»Wir fliehen also?«, fragte Eckard zaghaft, seine kleine Stimme leicht zitternd. Die Anspannung in der Luft war greifbar, als Siegfried nickte.

»Ja, wir müssen«, antwortete er mit fester Stimme. »Es ist unsere beste Chance.«

Herta saß still da, ihre Hände lagen fest auf dem Küchentisch. Sie spürte die Tragweite der Entscheidung, die vor ihnen lag, und doch fühlte sie den inneren Konflikt zwischen dem Verlassen des Bekannten und der Hoffnung auf eine bessere Zukunft. Schließlich brach sie das Schweigen.

»Und was ist mit dir, Siegfried?«, fragte sie sanft. Es war eine Frage, die nicht nur nach einer Antwort verlangte, sondern auch nach Trost und Gewissheit.

Siegfried seufzte leise. »Ich muss in Stolp bleiben«, antwortete er. »Ich muss in die Reichsbank. Ich kann nicht mit euch gehen.« Es war ein schwerwiegender Moment für die Familie. Sie wussten, dass die bevorstehende Reise gefährlich sein würde und dass sie Siegfried zurücklassen müssten.

Die Großmutter Martha aus Schlawe bei Stolp, genannt Amama, musste nun eine schwere Entscheidung treffen. Sollte sie bleiben und die Risiken eingehen, oder sollte sie mit ihrer Schwiegertochter und ihren Enkeln fliehen und hoffen, Siegfried eines Tages wiederzusehen? Sie war alt und wollte Stolp nicht verlassen, die Strapazen der Flucht waren ihr kaum zuzumuten, ein Grund mehr für Siegfried, vorerst in Stolp in ihrer Nähe zu bleiben.

»Wir haben keine Wahl«, sagte Siegfried schließlich, seine Stimme fest, aber seine Augen voller Traurigkeit. »Du musst ohne mich gehen, Herta. Ich komme später nach, wir bleiben zusammen. Bitte tu es für die Kinder. Für unsere Zukunft.«

In den nächsten Tagen bereitete die Familie ihre Flucht vor. Sie packten ihre Habseligkeiten zusammen, nahmen nur das Nötigste mit. Der Abschied von Siegfried war herzzerreißend, aber sie hielten an ihrer Hoffnung fest, ihn eines Tages wieder in die Arme schließen zu können.

Sie alle wussten, dass ihr Leben nie wieder so sein würde, wie es einmal war. Doch sie waren entschlossen, alles zu tun, um zu überleben, diese dunkle Zeit zu überstehen und auf eine bessere Zukunft zu hoffen. In ihren Herzen trugen sie die Erinnerungen, die Liebe und die Hoffnung, dass sie eines Tages wieder vereint sein würden. Und so begann ihre Reise, eine Reise voller Unsicherheiten, aber auch voller Mut und Entschlossenheit, die sie in eine ungewisse Zukunft führte.

Hertas Mutter Anna war inzwischen von Stettin nach Stolp gekommen, nachdem ihre Wohnung in Stettin während eines Bombenangriffs zerstört worden war. Sie hatte ihr Leben gerade so gerettet und war nun bei ihrer Tochter und den Enkeln. Da Joachim nicht mehr bei der Familie war, nahm sie seinen Platz im Schlafzimmer ein und schlief mit den Kindern in Joachims Bett. Ihre Anwesenheit brachte einen Hauch von Normalität in die angespannte

Atmosphäre, aber die dunkle Wolke der bevorstehenden Veränderung hing ständig über ihnen.

Dann kam der Tag der Flucht aus Stolp. Es war der 7. März 1945, ein grauer Wintertag, an dem die Dunkelheit sich hartnäckig weigerte, der Morgendämmerung zu weichen. In der Ferne war das dumpfe Dröhnen von Geschützen zu hören, eine ständige Erinnerung an den Krieg, der unerbittlich näher rückte. Ausgerüstet mit Rucksäcken und Taschen, machten sich die beiden Kinder, die Mutter und die Großmutter Anna auf den Weg zur Güterabfertigung am Bahnhof.

Siegfried trat einen Schritt vor, seine Augen fest auf Herta gerichtet.

»Herta«, begann er, seine Stimme fest und entschlossen. »Ihr müsst zunächst nach Osten reisen, Richtung Danzig. Von dort gehen Schiffe und Züge in Richtung des Reiches.«

Seine Worte hingen in der kalten Luft, und für einen Moment herrschte Stille. Das war ihr Weg, ihre Hoffnung auf Rettung, auf ein Wiedersehen. Sie nickten, verstanden die Schwere dieser Worte, die Bedeutung des Weges, den sie nun einschlagen mussten. Die Abschiedsszene war herzzerreißend. Siegfried, der Vater und Ehemann, hatte beschlossen, in Stolp zu bleiben, wegen seiner beruflichen Verpflichtungen, wegen seiner Mutter und in der Hoffnung, Joachim wiederzusehen.

»Ihr müsst gehen, und ich werde hierbleiben«, sagte er mit fester Stimme zu den Kindern, obwohl seine Augen voller Traurigkeit waren. »Mama wird auf euch aufpassen. Und ich verspreche, dass wir uns wiedersehen werden«, sagte er den Kindern.

Herta, jetzt die Trägerin der familiären Verantwortung, nickte, ihre Augen glänzten feucht. »Wir werden im Westen auf dich warten, Siegfried«, versprach sie. »Pass auf dich auf.«

Die kleine Gruppe machte sich auf den Weg, begleitet von dem dumpfen Echo des Geschützdonners und der stummen Traurigkeit des Abschieds und nur geführt von der Mutter Herta. Eine unbekannte Zukunft lag vor ihnen, voller Gefahren und Unsicherheiten, aber auch voller Hoffnung auf ein Wiedersehen. In ihrem Herzen trug Herta die Liebe und die Entschlossenheit, das Beste für den Zusammenhalt ihrer Familie zu tun, so wie es der Engel ihr gesagt hatte, egal was kommen mochte. Dieser Tag, der 7. März 1945, wurde zu einem Meilenstein in ihrer Biographie, ein Symbol für den Mut und die Ausdauer, die sie in den kommenden Herausforderungen zeigen würde.

Am Bahnhof in Stolp herrschte ein Szenario chaotischer Flucht. Menschenmassen bewegten sich hektisch, jeder bemühte sich verzweifelt, einen Platz in den schon überfüllten Zügen zu ergattern. Pferdewagen waren bis zum Rand mit Habseligkeiten beladen, Familien hasteten zu Fuß vorwärts, ihre Gesichter von Angst gezeichnet. Überall waren Schreie zu hören, das Weinen von Kindern, das Wimmern der Alten. Verzweifelte Eltern versuchten, ihre Kinder in dem Chaos nicht aus den Augen zu verlieren. Die Panik war greifbar, denn alle wussten, dass die Russen näher rückten. Die Straßen von Stolp glichen einem Hexenkessel. Vor den Toren der Stadt hatten sich lange Schlangen von Flüchtlingen gebildet. Sie alle eilten in eine ungewisse Zukunft, getrieben von der schrecklichen Angst vor dem, was kommen mochte. Der Himmel über der Stadt war dunkel und schwer, ein passendes Bild für die düstere Stimmung, die über der Stadt lag.

Inmitten des aufgeheizten Gewühls am Bahnhof von Stolp kämpften Herta, Renate, Eckard und die Großmutter Anna tapfer um einen Platz im Güterwaggon. Sie schoben sich durch die dichte Menschenmenge, hielten einander fest umklammert, um nicht getrennt zu werden. Herta, mit dem Bündel der Verantwortung auf ihren Schultern, versuchte, einen sicheren Platz für ihre Familie zu ergattern. Der Atem der Menge schlug ihr ins Gesicht, Verzweiflung und Angst hingen in der Luft. Mit entschlossener Miene bahnte sie sich ihren Weg durch die Menge, zog die kleinen Kinder und ihre Mutter hinter sich her. Sie erreichten schließlich den schon überfüllten Güterwaggon und Herta trat mutig vor, stieß einen letzten, energischen Schub aus, und sie schafften es, sich in den Waggon zu quetschen. Ihre Kleider waren durchschwitzt, ihre Gesichter aschfahl, aber sie hatten es geschafft - sie hatten ihren Platz in dem Waggon. Der Zug setzte sich langsam in Bewegung, und sie sahen die vertraute Stadt in der Ferne verschwinden. Sie wussten, dass dies erst der Anfang ihrer Reise ins Unbekannte war, aber sie hatten zumindest den ersten entscheidenden Schritt überstanden.

In den dunklen Tiefen des Güterwaggons hockten Herta, Oma Anna, Renate und Eckard dicht beieinander, versuchten Wärme in der allumfassenden Kälte zu finden. Um sie herum war das dumpfe Rumoren von Stimmen, das Knarren des unter den Füßen vibrierenden Holzbodens und das leise Schluchzen eines Kindes zu hören. Der unangenehme Geruch von Angst und Schweiß hing in der Luft, während der Güterzug sich um die Mittagszeit des 7. März 1945 in Richtung Danzig in Bewegung setzte.

»Warum fahren wir nach Osten, Mutter?«, flüsterte Eckard, seine Hand fest um einen Zipfel von Hertas Mantel geklammert. »Wir fahren doch den Russen entgegen ... wird es sicher sein?«

Herta drückte Eckards Hand, versuchte, ein Lächeln aufzusetzen. »Wir werden sicher sein, Eckard, du wirst schon sehen. Alles wird gutgehen. Wir sind zusammen.«

Plötzlich aber brach der Zug abrupt ab und ein lauter Knall hallte durch den Wagen. Stimmen wurden laut, Panik breitete sich aus wie ein Lauffeuer.

Die Tür des Güterwaggons wurde aufgeschoben und ein grollendes »Sofort alles aussteigen, der Zug fährt nicht mehr weiter. Die Lokomotive ist beschädigt worden«, dröhnte durch die kalte Luft.

Renate und Eckard waren die Ersten, die sich auf die Füße zwängten und auf dem Bahndamm standen. Ihr Atem bildete kleine Wölkchen in der kalten Luft, während sie auf ihre Mutter warteten, die versuchte, Oma Anna auf die Beine zu helfen. Eckard griff Renates Hand und zog sie durch den knietiefen Schnee. Soldaten waren in der Ferne zu sehen, ihre Silhouetten zeichneten sich dunkel gegen den schneeweißen Hintergrund ab. In der Ferne brannte eine Haus lichterloh und es waren Schüsse zu hören. Ja, und war in der Dunkelheit nicht auch sie Silhouette eines Panzers zu erkennen?

»Komm, Renate, wir müssen weiter«, drängte Eckard und zog sie mit sich. Ihre kleinen Füße sanken mit jedem Schritt tiefer in den Schnee, aber sie ließen sich nicht aufhalten. Plötzlich setzte sich der Zug mit einem Ruck wieder in Bewegung. Renate riss die Augen auf, als sie sah, wie der Zug an ihnen vorbeifuhr.

»Wo sind Mama und Omi?«, stammelte sie, ihre Fäustchen fest um Eckards Hand geklammert. Aber Eckard konnte ihr keine Antwort geben. Sie liefen einfach weiter, soweit sie konnten, um dem Kugelhagel und den drohenden Soldaten zu entkommen.

Plötzlich hörten sie einen Ruf und sahen eine Gestalt in der offenen Tür eines Güterwaggons winken.

»Mama!«, schrie Renate, und Eckard fühlte, wie sie seine Hand fester umklammerte. Sie rannten, so schnell sie konnten, auf den sich langsam bewegenden Zug zu, und als sie ihn erreichten, wurden sie von mehreren Händen ins Innere gezogen. Just in diesem Moment wurde ihnen bewusst, wie nahe sie einer Katastrophe entgangen waren, wenn der Zug in die entgegengesetzte Richtung gefahren wäre - sie wären alleine auf dem Bahndamm im Kampfgebiet zurückgeblieben. Ihre Mutter und Großmutter waren nicht so schnell aus dem Wagen geklettert, doch nun waren sie zum Glück wieder vereint. Der Zug fuhr langsam weiter, in der beginnenden Dämmerung.

Es war fast schon dunkel, als der Zug erneut anhielt. »Alles aussteigen, es geht nicht mehr weiter«, ertönte ein Ruf.

Herta, Oma Anna, Renate und Eckard griffen nach ihren Taschen und kletterten aus dem Waggon. Ein einsamer Bahnhof, eine kleine

Siedlung lag verschneit in der Dunkelheit vor ihnen. Sie stapften durch den Schnee auf die dunklen, schweigenden Häuser zu. Es war kein Licht zu sehen, als ob sie verlassen wären. In der Ferne war ein Gebäude zu erkennen, halb verdeckt hinter einem zerbeulten Panzer, der bedrohlich in ihrem Schatten stand. Auf dem offenen Feld bewegte sich eine Gruppe Soldaten in weißer Winterbekleidung in Richtung des Bahndamms. Die abgeschossenen Granaten, die über ihnen in der Luft pfiffen und auf der anderen Seite des Bahndamms einschlugen, zeichneten einen schrecklich klaren Kontrast zu der Stille, die sich auf dem Bahndamm ausgebreitet hatte.

»Rasch, wir müssen uns bewegen«, drängte Herta, ihre Stimme brüchig vor Angst. »Wir müssen ... wir müssen einen sicheren Ort finden.«

Und so begannen sie, in der kargen Landschaft nach einem sicheren Unterschlupf zu suchen, während der Krieg unbarmherzig um sie herum wütete. In einem verlassenen Landarbeiterhäuschen einer kleinen Siedlung fanden sie schließlich Unterschlupf, gemeinsam mit anderen Geflüchteten, angsterfüllt, schutzlos und hungrig. Die Nacht verbrachten sie in Unruhe, ohne viel Schlaf, voller Furcht und Ungewissheit vor dem, was der neue Tag bringen würde.

Kaum waren die Kinder eingeschlafen, zerrissen das Poltern von Stiefeln und lautes Lachen die Stille des Hauses. Eine Gruppe russischer Soldaten, deren Atem nach billigem Wodka roch, stolperte in das Haus.

Die Soldaten begannen, das Haus zu durchsuchen, rissen Schubladen auf, warfen Gegenstände auf den Boden. Sie nahmen den Schmuck, Uhren und das wenige Geld, das die Geflüchteten bei sich hatte, mit. Ihr roher Hunger nach Wertgegenständen war nur noch durch ihren gierigen Blick auf die Frauen und Mädchen zu übertreffen. Allen war bewusst, dass die Russen mit den Frauen nichts Gutes vorhatten. Sie wurden Zeugen, wie die russischen Soldaten einzelne Frauen auswählten und mitnahmen, Schreie waren aus der Ferne zu hören.

»Wir müssen uns verstecken, uns als Männer ausgeben«, murmelte Herta hastig, während sie nervös in der Dunkelheit umherschaute. Sie griff nach einem Stück Holzkohle aus dem Kamin und begann, ihr Gesicht mit Ruß zu bedecken. Anna, zitternd und bleich vor Angst, reichte ihr ein stumpfes Messer.

Mit zittrigen Händen schnitt sie Hertas Haare ab, bis sie kurz und ungeordnet um ihren Kopf herumstanden. »Jetzt du, Renate«, flüsterte Anna, ihre alte, knorrige Hand streichelte sanft Renates Wange, bevor sie anfing, ihre langen blonden Locken abzuschneiden.

Das Haus wurde still, als die Türe aufgerissen wurde und mehrere russische Soldaten eintraten. Sie blickten sich um, ihre Augen huschten an Herta und Renate vorbei, die in der Dunkelheit kaum zu erkennen waren.

Die Soldaten verließen wortlos das Haus und ließen die Familie in der Dunkelheit zurück. Erschöpft und erleichtert sanken sie auf den Boden. »Wir sind sicher«, flüsterte Herta, ihre Stimme zitterte vor Erleichterung. »Wir sind sicher.« Und so, vor dem Hintergrund des tobenden Krieges und der schrecklichen Unsicherheit, fanden sie einen Moment des Friedens und der Ruhe.

Die Nacht endete schließlich, aber die Angst blieb. Sie klammerten sich aneinander, versuchten in den verängstigten Gesichtern der anderen ein wenig Trost zu finden. Aber in ihren Herzen wussten sie, dass der Albtraum noch lange nicht vorbei war.

In der Nähe von Lauenburg, März 1945

Zwei Tage waren seit dem Einbruch der russischen Soldaten vergangen. Die Menschen wagten sich kaum aus dem Haus, aus Angst vor den unsichtbaren Gefahren, die draußen lauerten. Sie wussten nicht genau, wo sie sich befanden, aber sie vermuteten, dass sie kurz vor Lauenburg waren, einem größeren Ort auf dem Weg nach Danzig. Sie waren nicht weit gekommen, das wussten sie. Über Lauenburg erhob sich eine dunkle Rauchwolke, der Himmel war rot erleuchtet. Es musste dort schrecklich brennen.

Die Siedlung, in der sie Unterschlupf gefunden hatten, bestand aus einigen einheitlich gebauten kleinen Häusern, eine Art Landarbeitersiedlung. »Wir müssen nach Lauenburg«, sagte Herta, ihre Stimme war fest und entschlossen. »Vielleicht gibt es dort Hilfe.«

Nach einer Weile Fußmarsch erreichten sie die ersten Häuser Lauenburgs. Der Güterzug, den sie vor ein oder zwei Tagen im Dunkeln verlassen hatten, stand noch immer dort. Alle Türen der Güterwagen waren geöffnet und die Ladung lag verstreut auf dem Bahndamm und dem Weg. Es war das erste Mal, dass sie tote

Menschen sahen, Frauen und Männer, die inmitten der Ladung lagen. Vereinzelt sahen sie Leute, die in diesen verstreut herumliegenden Sachen stöberten.

»Was machen die da?«, fragte Eckard, seine Augen weit vor Entsetzen.

»Sie suchen nach Wertvollem«, antwortete Herta leise.

Einer der Güterwagen war wohl mit Geld der Reichsbank aus Stolp beladen gewesen. Die Geldbehälter waren aufgebrochen, und nun flatterten und lagen im Güterwagen und am Bahndamm Hunderte von Reichsmark-Geldscheinen verschiedenster Wertstufen. Wo man hintrat, überall lagen Geldscheine auf dem Boden.

»Was ist das?«, fragte Renate und hob einen Geldschein auf.

»Das ist Geld«, antwortete Oma Anna, ihre Stimme bitter. »Aber es ist nichts wert. Nicht hier, nicht jetzt.« Und so gingen sie weiter, durch die dunkle Landschaft, in der Hoffnung, bald Sicherheit zu finden.

Sie kehrten in das Landarbeiterhaus zurück, das ihnen trotz der Umstände einen Hauch von Sicherheit bot. Es war eine niederschmetternde Erkenntnis, dass sie weder zurück nach Stolp noch nach Danzig oder Lauenburg fliehen konnten. Der Weg war versperrt, von unüberwindlichen Hindernissen und unsichtbaren Gefahren. Sie fühlten sich wie in einer tödlichen Falle, festgehalten von unsichtbaren Händen. Das Landarbeiterhaus mit seinen dicken Steinmauern und dem versteckten Keller war ihr einziger Schutz, ihr einziger Anker in dem tobenden Sturm. Sie hofften auf ein Wunder, beteten dafür, dass die Dunkelheit bald vorbei sein würde. Doch tief in ihrem Inneren wussten sie, dass noch viele dunkle Nächte vor ihnen lagen. Sie saßen fest, gefangen in einer grausamen Realität, die sie sich nie hätten vorstellen können.

Der Fluchtplan, der sie nach Lauenburg geführt hatte, war gescheitert und der Hoffnungsschimmer in ihren Augen zusehends verblasst. Sie waren gestrandet, ohne Plan B, ohne eine Vorstellung davon, wie sie weiter vorgehen sollten. Der Schienentransport war zum Stillstand gekommen, und die Vorstellung, zu Fuß zurück nach Stolp oder weiter nach Danzig zu gehen, war angesichts der chaotischen Lage illusorisch.

So blieben sie einfach dort, unweit von Lauenburg, gezwungen, sich mit den Umständen abzufinden. Sie hatten wenigstens ein Dach über dem Kopf, das sie vor den letzten Winterstürmen schützte, und in dem Haus entdeckten sie noch genügend Vorräte.

Der 21. März 1945 brachte, trotz aller Widrigkeiten, auch einen Lichtblick: Renates fünften Geburtstag.

Herta zog Eckard beiseite.

»Heute ist Renates Geburtstag«, sagte sie leise, »aber ich habe kein Geschenk für sie. Sag einfach nichts über diesen Tag.« Es war eine heikle Bitte, aber sie musste gestellt werden. In diesen dunklen Zeiten waren die kleinen Freuden des Lebens ein Luxus, den sie sich nicht leisten konnten.

Die Tage vergingen in einer Art von surrealem Stillstand - die Stunden zu zählen, hatte seinen Sinn verloren. Herta, Anna, Eckard und Renate versuchten, sich an ihre neue Realität zu gewöhnen und eine gewisse Normalität in ihren Alltag zu bringen. Früh am Morgen sammelten sie Holz und entfachten ein Feuer, um ihre spärlichen Mahlzeiten zu kochen. Die Wärme, die das Feuer ausstrahlte, war mehr als nur körperlicher Komfort, es war ein Symbol des Überlebens und ein kleines, aber wichtiges Zeichen der Menschlichkeit. Sie tauschten Geschichten und Informationen mit anderen Flüchtlingen aus, die sich in der Nähe versteckten, und fanden in ihrer gemeinsamen Not ein Gefühl der Solidarität.

Glücklicherweise machten die russischen Soldaten keine weiteren Besuche. Das Chaos der ersten Invasionsphase hatte sich gelegt, und sie hatten eine neue Art von Normalität gefunden. Die russischen Truppen waren längst weitergezogen, Richtung Westen, Richtung Berlin, und doch war ihre Präsenz in der Luft immer noch spürbar. Aber für den Moment, in der Stille des Landarbeiterhauses, fanden sie einen Weg weiterzumachen, eine Art von Frieden unter den Trümmern ihres alten Lebens.

Lauenburg, April 1945

Als der Frühling langsam Einzug hielt, schmolz der Schnee und das Tageslicht wurde stärker und heller. Der stehengebliebene Güterzug, der ihr ständiger Begleiter seit einigen Tagen gewesen war, war plötzlich verschwunden. Aber sie blieben im verlassenen Landarbeiterhäuschen, ihrem provisorischem neuen Heim, mutlos und resigniert, und dennoch nicht ganz ohne Hoffnung auf ein Wiedersehen mit Siegfried.

Ein neuer Tag brachte eine neue Möglichkeit. Es hieß, wer für die Russen arbeitete, bekomme Nahrung. Ein solcher Gang war mit Risiken verbunden, vor allem für eine Frau. Doch was blieb Herta übrig? Die Vorräte gingen längst zur Neige, bald würde der Hunger sie heimsuchen, auch wenn die bittere Kälte mit dem Frühling ein wenig nachließ. Und so brach Herta eines Tag nach Lauenburg auf, das der Brand fast völlig zerstört hatte, um bei Aufräumarbeiten zu helfen. Sie kehrte jeden Abend müde zurück, aber mit der Hoffnung, dass sie durch ihre Arbeit den Lebensunterhalt ihrer Familie sichern konnte.

Ende April 1945, als die Kirschbäume in voller Blüte standen und die Felder wieder Farbe annahmen, kündigten die russischen Soldaten an, dass die Flüchtlinge an ihre Wohnorte zurückkehren durften. Mit gemischten Gefühlen machten sich Herta, Eckard und Renate zu Fuß auf den Weg zurück nach Stolp. Schweren Herzens ließen sie Oma Anna zurück, die den langen und beschwerlichen Weg nicht mehr schaffen würde.

»Wir müssen uns beeilen, bevor die anderen alles geplündert haben«, sagte Herta mit sorgenvollem Blick. Doch trotz ihrer Eile kamen sie nur langsam voran. Die Straßen waren noch immer übersät mit Trümmern und die Wege unsicher.

Auf ihrem mühsamen Weg zurück nach Stolp begegneten sie den stummen Zeugen des großen Exodus. Überall entlang des Weges sahen sie die Hinterlassenschaften der Verzweifelten: leere Handkarren, herumliegende Koffer, verstreute Mäntel und immer wieder die schrecklichen, leblosen Körper derer, die nicht überlebt hatten. Unter all dem Unrat bemerkte Renate ein kleines Bündel, das auf den ersten Blick wie eine verlassene Puppe aussah. Mit kindlicher Neugier wollte sie danach greifen, doch Herta hielt sie davon ab. Sie erkannte die schreckliche Realität – es war kein Spielzeug, sondern ein kleines Kind, weggeworfen in einem Moment absoluter Verzweiflung von einer Mutter, die wahrscheinlich keine andere Wahl hatte. Der Anblick war herzzerreißend. Elend und Grausamkeit waren überall spürbar. Die drei schlängelten sich durch eine gespenstische, apokalyptische Szene, vorbei an ausgebrannten Bauernhäusern und vor Hunger verzweifelten Menschen. Ein Bild des absoluten Chaos, das ihnen einen Vorgeschmack darauf gab, was ihnen möglicherweise in Stolp bevorstand. Aber sie hielten sich aneinander fest und gaben nicht auf. Sie waren Kämpfer, sie hatten schon so viel überstanden und würden auch das überstehen.

Schließlich erreichten sie Stolp, oder zumindest das, was davon übriggeblieben war.

Die Nacht zuvor verbrachten sie in einer Scheune, hockten dicht beieinander auf Heuballen und versuchten, die ungewohnte Stille zu ignorieren. Eine andere Nacht verbrachten sie in einem Waldstück, auf der nackten Erde. Zum Glück waren die Nächte des Frühlings 1945 recht milde. Dennoch war es eine seltsame Erfahrung für sie, unter freiem Himmel zu schlafen.

»Wir sind fast da«, flüsterte Herta, als sie endlich die vertraute Silhouette von Stolp am Horizont erkennen konnte. Als sie ihre alte Wohnung erreichten, brach die kleine Renate in Tränen aus. »Wir sind zu Hause«, flüsterte sie, »wir sind wirklich zu Hause. Aber wo ist Vati?« Sie gingen durch die Stadt Stolp, die vom Krieg gezeichnet war, hin zum Reichsbankgebäude. Trümmer und Schutt lagen auf den Straßen, viele Gebäude zeigten die Narben der Bombardierungen. Doch Siegfried war nicht dort, das Gebäude stand leer.

Die Altstadt von Stolp, einst ein Ort voller Leben und Schönheit, war nun kaum wiederzuerkennen. Überall waren nur rauchgeschwärzte Fassaden und eingestürzte Dächer zu sehen. Die einst so malerischen Backsteinhäuser, deren historische Anmutung Herta so sehr geliebt hatte, waren nur noch Ruinen, viele von ihnen bis auf die Grundmauern niedergebrannt. An den Stellen, wo einst lächelnde Gesichter aus den Fenstern geschaut und Kinder auf den Straßen gespielt hatten, herrschte nun gespenstische Stille. Jeder Winkel der Stadt schien die Erinnerung an das verheerende Feuer zu tragen, das hier gnadenlos gewütet haben musste und alles verschlungen hatte, was Herta einst an dieser Stadt geliebt hatte. Der große Marktplatz, auf dem sie einst so viele glückliche Stunden verbracht hatte, war nur noch eine verkohlte Ödnis. Die schmiedeeisernen Geländer der Brücke, an denen sie und Eckard oft gelehnt hatten, um den Blick auf den Fluss Stolpe zu genießen, waren verzogen und verformt. Selbst die alte Kirche, das Herzstück der Altstadt, stand nicht mehr. Ihre fein gearbeiteten Steinarbeiten, die in den warmen Sonnenstrahlen gefunkelt hatten, waren nun unter einem Mantel von Ruß und Asche verborgen. Das alte Stolp, wie sie es kannte und liebte, existierte nicht mehr. Es war ein Raub der

Flammen geworden, und nur die Erinnerungen daran lebten in ihren Herzen weiter.

Überraschenderweise waren jedoch viele Häuser in ihrem Viertel unversehrt, als wollten sie der Zerstörung trotzen. Mit klopfenden Herzen gingen sie ihr Viertel entlang, in der Hoffnung, den Vater Siegfried doch wieder zu Hause anzutreffen. Doch das Haus blieb leer, von ihm fehlte jede Spur. Ein Schauder durchfuhr sie. Wo war er hin? Was war mit ihm geschehen? War er der Rache der Russen zum Opfer gefallen? Hätten Sie doch zusammenbleiben sollten, so wie der Engel es ihr gesagt hatte?

Sie stand ratlos da, die Fragezeichen in ihren Augen spiegelten ihre Verwirrung und Angst wider. Was sollten sie jetzt tun? Sie saßen noch immer fest, eingekesselt zwischen den russischen Truppen, eine sichere Zuflucht weit entfernt. Die meisten Menschen in Stolp waren geflohen, nach Westen. Doch für sie war dies keine Option mehr. Sie waren zurückgekehrt, in der Hoffnung, ein Stück ihrer alten Welt wiederzufinden, und stattdessen fanden sie nur Leere und Verzweiflung. In der Stille ihres Hauses, inmitten der verlassenen Stadt Stolp, fühlten sie sich verlorener als je zuvor. Ihre Hoffnung, ihr Glaube, ihr Mut – alles schien mit dem Verschwinden von Siegfried geschwunden zu sein.

Der Krieg war verloren. Berlin war belagert, wie sie aus den wenigen Nachrichten erfuhr, die noch durchdrangen. Der Kriegsverlauf im April 1945 war chaotisch und brutal, mit Kämpfen bis zum bitteren Ende. Während Herta, Renate und Eckard in ihrer

Wohnung saßen und auf Neuigkeiten warteten, konnten sie nur hoffen, dass der Albtraum bald vorbei sein würde. Aber auch inmitten dieses Chaos fanden sie einen Moment der Freude - sie waren am Leben und waren eine kleine Familie, zumindest für den Moment.

5. Kapitel: Ein Flüstern im Wind

Stolp, Mai 1945

Im Westen, zum Beispiel in Schleswig-Holstein, hätten sie in relativer Sicherheit sein können, wenn ihre Flucht geglückt wäre, doch nun saßen sie wieder in Stolp, das wie ausgestorben wirkte, umgeben von russischen Soldaten und einer unbestimmten Zukunft. Keine Nachricht von Siegfried oder Joachim. Herta war jetzt der Halt, sie behielt den Überblick, und die Kinder fühlten sich sicher bei ihr.

Herta arbeitete tagsüber als Trümmerfrau in der völlig zerstörten Stolper Altstadt oder bei russischen Offiziersfamilien und brachte öfter etwas zu essen mit. Lebensmittel, die einen unschätzbaren Wert für die Familie hatten. Sie kehrte zurück, müde und abgekämpft, in ihre leere Wohnung, in ein verlassenes Stadtviertel, das ihr einst Heimat gewesen war, ohne zu wissen, was mit dem Rest der Familie passiert war. Erst nach und nach erfuhr sie, was sich nach ihrer Abreise in Stolp ereignet hatte.

Eine Flüchtlingsfamilie, die mit ihnen in dem Haus lebte, erzählt es ihnen: »Stolp wurde kampflos von den Russen besetzt. Der Offizier, der als Festungskommandant vorgesehen war, weigerte sich, den Kampfauftrag der Verteidigung der Stadt auszuführen, und deshalb kam es dazu. Die Russen zündeten die Altstadt aus Rache nur deshalb an, weil sie im Waldgebiet viele Leichen erschossener russischer Zwangsarbeiter fanden.«

Wo war Siegfried? War er noch am Leben? Wohin war er geflohen? Suchte er sie? Würden sie alle jemals wieder vereint sein? Ein unheimlicher Stillstand beherrschte die Straßen, nur russische Lastwagen und kleine Trupps von Soldaten unterbrachen die bedrückende Stille. Herta und die Kinder waren, außer der anderen Flüchtlingsfamilie, die einzigen Bewohner des Hauses. Abends hielt in der Straße immer ein russischer Lastwagen, und die Soldaten verteilten bescheidene Verpflegung. Es war trostlos und unheimlich zugleich.

Die sonst belebten Straßen waren nun wie ausgestorben. Renate und Eckard spielten nicht mehr, stattdessen suchten sie nach Essbarem. Sie gingen in die verlassenen Wohnungen in ihrer Straße. Anfangs noch in Gruppen mit anderen Kindern, später dann auch einzeln. Die Stille in den Wohnungen war unheimlich. Alles lag verstreut herum, Kleidungsstücke, der Inhalt von Schubladen und Schreibtischen. In den Küchen lagen geöffnete Weckgläser herum, der Inhalt war teilweise schon faulig und schimmelig.

»Mutti, schau mal, was wir gefunden haben!« Renate hielt ein verschlossenes Weckglas hoch, als sie eines Tages zurückkamen.

Herta lächelte wehmütig, »Das ist gut, mein Mädchen. Wir können es sehr gebrauchen.«

Während der letzten Tage des Krieges herrschten Chaos und Unsicherheit. Stolp war wie viele andere Städte in der Hand der Russen, die mit harter Hand regierten. Sie verteilten zwar Verpflegung und behielten die Kontrolle, aber unter den Bewohnern herrschten Angst und Misstrauen. Viele lebten in ständiger Furcht vor

Vergeltungsmaßnahmen, vor allem, nachdem Berichte über die Gräueltaten der russischen Soldaten die Runde machten.

Am 8. Mai 1945, als die Nachricht vom Ende des Krieges sich verbreitete, atmeten viele aus der Bevölkerung zwar erleichtert auf, doch zugleich wurde die Nachricht mit gemischten Gefühlen aufgenommen - Erleichterung, dass der Albtraum zu Ende war, aber auch Angst vor der ungewissen Zukunft. Sie waren in einem Land, das nicht mehr ihr eigenes war, unter der Kontrolle einer fremden Macht.

Die Russen hatten das Gebiet besetzt, und es gab Gerüchte, dass sie alle Deutschen vertreiben wollten. Die Bewohner von Stolp lebten in ständiger Angst vor einer möglichen Vertreibung. Die Kriegsgefangenen, die in den Händen der Russen waren, hatten es besonders schwer. Sie waren häufig Ziel von Misshandlungen und mussten unter unmenschlichen Bedingungen leben und arbeiten.

An einem kühlen Morgen, als der Nebel noch über dem träge fließenden Fluss hing, machte Herta sich auf den Weg zu ihrer heimlichen Zuflucht. An der Stelle, wo die verbrannten Ruinen der Altstadt ihren Schatten auf das Wasser warfen, saß sie auf einem flachen Stein, ihre Beine baumelten über der glatten Oberfläche des Flusses. Hier, abseits von den Augen ihrer Kinder, konnte sie endlich die Fassade der Stärke fallen lassen, die sie tagtäglich aufrecht erhielt. Sie erzählte dem Fluss ihre innigsten Ängste und Sorgen, ihre Worte wurden vom sanften Plätschern des Wassers verschluckt. Sie sprach von der Angst, den Kindern nicht genug geben zu können, von der Unsicherheit des nächsten Tages, von den Albträumen, die sie nachts heimsuchten. Doch in der schlichten Schönheit des fließenden Wassers und den stummen Zeugen der Vergangenheit fand Herta einen Moment der Ruhe und Besinnung. Sie erkannte, dass sie, auch wenn sie oft das Gefühl hatte, auf einem gefährlich dünnen Seil zu balancieren, niemals allein war. Sie konnte die Stärke in sich selbst finden, die sie brauchte, um weiterzumachen - für ihre Kinder, für den Zusammenhalt, für sich selbst. Wenn doch nur die elende Zeit endlich vorbei wäre! Dafür betete Herta in jener stillen Stunde wie so manch anderer auch.

Der Mai 1945 bildete das Ende des Zweiten Weltkriegs. Zuvor gab es Monate voller Gewalt, Unsicherheit und tiefgreifender Veränderungen. Die Besatzungsmächte - die Russen im Osten, die Amerikaner, Briten und Franzosen im Westen - begannen mit der schwierigen Aufgabe, das besiegte Deutschland zu regieren und wieder aufzubauen. Für viele Deutsche war dies eine Zeit der Unsicherheit und Angst, aber auch der Hoffnung auf einen Neuanfang. Doch die Frage blieb: Was würde jetzt werden?
    Der Frühling kam schließlich, aber anstatt die übliche Wiedergeburt und Erneuerung zu bringen, brachte er nur eine neue Art von Elend. Die bittere Kälte des Winters hatte sich verabschiedet, doch an ihre Stelle traten nun Hunger, Entbehrungen und Krankheiten. Die Lebensmittelknappheit verschärfte sich, und Krankheiten, ausgelöst von Mangelernährung und mangelnder Hygiene, breiteten sich aus wie ein Lauffeuer. Medizin und sauberes Trinkwasser wurden immer

knapper. Die Bevölkerung war verstört, in ihren Gesichtern zeigten sich tiefe Sorge und Resignation.

Familien waren zerrissen, Kinder wurden zu Waisen, Ehefrauen zu Witwen. Die Zukunft lag wie ein dunkles, unergründliches Rätsel vor ihnen. Niemand wusste, was der nächste Tag bringen würde, geschweige denn das nächste Jahr. Die einst so vertraute Welt war aus den Fugen geraten und die Hoffnung, dass das Leben jemals wieder normal sein würde, schien mit jedem Tag, der verging, immer unwahrscheinlicher zu werden.

Doch Herta trug in ihrem Herzen das Versprechen des Engels. Und hatte sich nicht bisher jede ihrer Visionen bestätigt? Sie beschloss, darauf zu vertrauen, dass alles gut werden und ihnen nichts geschehen würde. Sie beschloss, nur von Tag zu Tag zu denken. Die belästigenden Besuche der russischen Soldaten, die sie in Lauenburg erlebt hatten, gab es in Stolp nicht. Das lag wohl auch daran, dass der Krieg nun beendet war und die russischen Besatzer mit anderen Problemen zu kämpfen hatten, wie zum Beispiel der Versorgung der Zivilbevölkerung.

Mit der Zeit änderte sich ihr Bild von den russischen Soldaten. Ein Großteil von ihnen verhielt sich gegenüber ihr und den Kindern völlig normal. Manchmal standen die Kinder vor den Häusern, in denen die Soldaten lebten, in der Hoffnung, ein Stück Schokolade oder Kekse zu bekommen. Der Krieg hatte aus Menschen Bestien gemacht, das erkannte Herta, doch das Leben verstand es, so manche Brutalisierung wieder rückgängig zu machen.

Als der Frühsommer kam, stellten viele Russen Sessel und Sofas, Tische und Stühle auf den Bürgersteig und genossen das schöne Wetter. Es war ein seltsames Bild, das sich den Kindern bot. Ihre Welt hatte sich verändert, und doch mussten sie sich anpassen und weiterleben, so gut es ging.

Die Tage vergingen langsam, und mit jedem Tag gab es neue Entdeckungen und Herausforderungen. Die Kinder lernten, sich in dieser neuen Realität zurechtzufinden und mit den Gegebenheiten umzugehen.

In diesen Tagen, wo jeder Sonnenstrahl wie ein Streich der Hoffnung über die Trümmerlandschaft fuhr und doch die Schatten lang und düster waren, war die Gesundheit ein flüchtiger Gast in den Häusern vieler Familien. Die Kost, die die Tische zierte, war spärlich und entbehrte jeglicher Nährstoffe, die ein Körper benötigt, um nicht nur zu überleben, sondern auch zu gedeihen. Fette, Vitamine, Mineralstoffe – Worte, die in den Ohren wie fernes, vergessenes Liedgut klangen. Der tägliche Kampf ums Überleben ließ wenig Raum für die Sorge um eine ausgewogene Ernährung. Die Menschen, einst voller Leben und Kraft, wurden zu Schatten ihrer selbst, schlank bis zur Zerbrechlichkeit, gezeichnet von den Entbehrungen, die der Krieg und seine Folgen mit sich gebracht hatte.

Hygiene – ein weiterer Luxus, der in der schweren Zeit nach dem Krieg oft nicht zu wahren war. Wasser war knapp, Reinigungsmittel eine Rarität, und die Angst vor Krankheit ein ständiger Begleiter in den Gedanken der Menschen. Typhus, Tuberkulose und Cholera waren keine leeren Drohungen, sondern reale Gefahren, die an jeder Ecke lauerten und jeden Tag Leben forderten, zumal die medizinische Versorgung brach lag und deutsche Ärzte Mangelware waren.

Es grenzte an ein Wunder, dass die Familie Kosinsky diese Zeiten durchstand, ohne dass Krankheit und Not sie ernsthaft in die Knie zwangen. Vielleicht war es der unablässige Überlebenswille, der sich wie ein dünner, aber zäher Faden durch die Tage zog, oder die unsichtbaren Bande der Liebe und Fürsorge, die selbst in der größten Dunkelheit nicht rissen. Die Kinder, deren Lachen selten, aber kostbar war, wuchsen auf in dem Bewusstsein auf, dass selbst in der kargsten Mahlzeit etwas wie Würde und Zusammenhalt liegen kann. Rückblickend scheint es, als hätten sich die zarten Hoffnungen und das stille, unbeugsame Streben nach einem besseren Morgen in der rauen Wirklichkeit irgendwie durchgesetzt – ein stilles Testament menschlicher Resilienz und der Kraft der Familie, die auch die härtesten Zeiten überdauert.

Die kleine Renate entwickelte eine erstaunliche Fähigkeit, Essensreste zu finden, aus denen Herta dann schmackhafte Mahlzeiten zaubern konnte. Eckard hingegen entdeckte seine Leidenschaft für das Reparieren von alten Spielzeugen, die er in den verlassenen Häusern fand.

Herta war stolz auf ihre Kinder und bewunderte ihren Mut und ihre Anpassungsfähigkeit. Sie selbst fand Trost und Stärke in der Gemeinschaft der anderen Flüchtlinge und der übrig gebliebenen Stolper, die sich gegenseitig unterstützten und zusammenhielten. Sie teilten nicht nur die knappen Ressourcen, sondern auch ihre Geschichten, Hoffnungen und Träume.

Trotz der schwierigen Umstände versuchten sie, ein Stück Normalität in ihr Leben zurückzubringen. Herta organisierte kleine Aktivitäten und Spiele für die Kinder, um ihnen Momente des Glücks und der Freude zu schenken. Gemeinsam sangen sie Lieder, erzählten Geschichten und lachten über die kleinen Freuden des Alltags.

Die grauen Ruinen wurden mit der Zeit von zarten Pflänzchen des Neuanfangs überwuchert. Es war ein langer Weg, aber sie hatten nicht aufgegeben. Sie hatten gelernt, dass das Leben trotz aller Herausforderungen weiterging und dass es immer einen Weg gab, Hoffnung und Glück zu finden, selbst in den dunkelsten Zeiten.

Stolp, Juni 1945

Die Sonne stand tief am Himmel, als Eckard auf den Straßen Stolps unterwegs war. Plötzlich erfasste ihn ein schauerlicher Anblick. Russische Soldaten hatten mitten auf der Straße ein Rind getötet und waren dabei, es auszunehmen. Die harten Gesichter zeigten keine Regung, ihre Hände waren beschäftigt mit der blutigen Arbeit.

Eckard erstarrte, angeekelt und fasziniert zugleich. Die Szene war brutal, aber es war auch die ungeschönte Realität ihres Lebens im besetzten Nachkriegsdeutschland. Plötzlich trat einer der Soldaten auf ihn zu, ein großer Mann mit einem grimmigen Gesichtsausdruck und schweißnasser Stirn. »Hier, Junge«, sagte er und winkte Eckard heran.

Bevor Eckard reagieren konnte, legte der Soldat ihm einen riesigen, blutigen und noch warmen Leberlappen in seine ausgestreckten Arme. Er war so überrascht, dass er nur stumm nicken konnte, seine Augen weit aufgerissen, sein Herz wie wild schlagend.

»Lauf nach Hause, Junge«, sagte der Soldat in gebrochenem Deutsch und winkte ihn weg.

Mit der Leber in den Händen, deren Blut seine Kleidung durchtränkte, rannte Eckard nach Hause.

Seine Mutter Herta erschrak, als sie ihren blutigen Sohn sah. »Was in aller Welt ...«, begann sie, doch die Worte blieben ihr im Halse stecken.

Aber als sie die Leber sah, wechselte der Ausdruck auf ihrem Gesicht von Schock zu Freude. »Oh mein Gott, Eckard«, sagte sie und nahm die Leber entgegen. »Wir haben genug zu essen für eine ganze Woche. Du hast uns wirklich ein Wunder gebracht.«

Und so, mitten in den Trümmern des Krieges, fand die Familie einen Moment des Glücks und der Hoffnung. Trotz der düsteren Realität hielten sie zusammen, feierten das kleine Glück und stärkten ihren Glauben an bessere Zeiten. Alles würde gut werden, irgendwie.

Im Hochsommer 1945, als die Sonne ihre Strahlen gnadenlos auf die zerstörte Landschaft niederbrennen ließ, kündigte das vertraute Klirren des Gartentors eine unerwartete Wende an. Herta, die gerade dabei war, die spärlichen Essensreste für das Abendessen zusammenzusuchen, hielt inne. Ihr Herz schlug ein stolperndes Stakkato gegen ihre Rippen, als sie die Tür öffnete. Vor ihr stand Siegfried - ihr Ehemann und Vater ihrer Kinder, den sie beinahe schon tot geglaubt hatte.

»Siegfried!«, stieß sie hervor, ihre Stimme war nur ein flüsternder Hauch. Siegfried stand da, ein Schatten seiner selbst, sein einst prächtiger Körper war erschöpft und ausgemergelt, sein Gesicht war von Narben gezeichnet und seine Augen, einst so voller Leben, waren nun müde und doch erleichtert.

»Meine Liebe«, sagte er heiser. »Ich habe es geschafft.« Die Worte hingen in der drückenden Sommerhitze, als das Unausgesprochene seinen Weg in die Realität fand. Ihr Mann war nach Hause gekommen. Der Krieg hatte ihn gezeichnet und geformt, doch er war am Leben und stand nun vor ihr.

Die Kinder stürzten herbei, angezogen von dem ungewohnten Klang der väterlichen Stimme. Sie klammerten sich an seinen Beinen fest, ihre kleinen Hände umklammerten seine zerrissene Kleidung.

»Vater!«, riefen sie, ihre Stimmen waren voller Freude und Erstaunen. Sie hatten nicht gewagt, auf diesen Moment zu hoffen, und doch stand ihr Vater nun vor ihnen.

Die Wiedervereinigung der Familie Kosinsky war ein heller Schein in den dunklen Tagen des Nachkriegsdeutschlands. Mit Siegfrieds Rückkehr keimte ein Funken Hoffnung auf, ein Funken, der ihnen zeigte, dass sie trotz allem, was geschehen war, immer noch eine Familie waren. Und dass sie zusammen, ungeachtet der Schrecken und Entbehrungen, die noch vor ihnen lagen, einen Weg in die Zukunft finden würden.

Rückblick: Stolp, März 1945

Am Morgen des 7. März 1945, dem Tag der ersten Flucht der Familie, leerte sich die Wohnung von Siegfried und Herta wie ein Schiff, das sein letztes Fass für die bevorstehende Reise auslädt. Herta und die Kinder hatten sich bereits auf den Weg gemacht, während Siegfried noch einmal in die Wohnung zurückkehrte, um einige warme Sachen und Nachtutensilien einzupacken. Mit schweren Schritten, die mehr vom Gewicht der Verantwortung als von dem seines Gepäcks sprachen, trat er aus dem Gebäude und machte sich auf den Weg zu seiner Dienststelle in der Wilhelmstraße, wo die Reichsbankhauptstelle beheimatet war.

»Herr Kosinsky, wir haben eine Aufgabe vor uns, die mehr von uns verlangt, als wir befürchtet hatten«, sagte der erste Direktor, als Siegfried eintraf. Die Anweisungen waren klar: Sie sollten die Bank an die Russen übergeben und die Tresore öffnen, um Sprengungen zu vermeiden. Alles, was an die Nazis erinnern könnte - Bilder, Fahnen, Uniformen - sollte beseitigt werden. Der erste und zweite Direktor, gemeinsam mit Siegfried, verbrachten den ganzen Tag damit, alles, was den Zorn der russischen Soldaten entfachen könnte, zu entfernen.

Die Nacht in der Bank war gespenstisch. »Wir müssen bereit sein«, flüsterte der zweite Direktor, als sie in den stillen Stunden vor der

Morgendämmerung die Büros leerten. Als der Morgen graute, stürmten die Russen in die Bank, durchwühlten alle Räume und führten die drei Beamten schließlich ab. Siegfried, der sich zwar mit warmen Sachen eingedeckt hatte, spürte dennoch die Kälte in der Kirche in Stolp, wohin sie abgeführt und gefangen gehalten wurden, bis in die Knochen.

Nachdem sie zwei oder drei Tage in der bitteren Kälte der Kirche verbracht hatten, wurde ein Transport zusammengestellt. »Wir bringen euch nach Schneidemühl«, wurde ihnen mitgeteilt. Der kürzere Weg über Danzig war noch umkämpft, während Schneidemühl bereits in russischer Hand war. Es mussten weit über hundert Männer gewesen sein, die nun in den engen Eisenbahnwaggons zusammengepfercht wurden. Das denkbare Ziel: Sibirien, ein Name, der jedem das Blut in den Adern gefrieren ließ. Siegfried nahm einen tiefen Atemzug und fasste den Entschluss, dass er, egal was passieren würde, eines Tages zu seiner Familie zurückkehren würde. Für Herta, für die Kinder, für sich selbst. Er hatte eine Mission zu erfüllen.

Auf der eisigen Fahrt, die sie weit weg von Stolp und ihrer Heimat führte, kamen die Männer ins Gespräch. Sie befanden sich in einem engen Eisenbahnwaggon, der mit kaltem Wind und frostigen Schienen kämpfte. Die Männer waren von der bitteren Kälte umgeben, ihre Wangen gerötet und ihre Atemwolken deutlich sichtbar. Sie saßen auf harten Holzbänken, ihre müden Körper von den endlosen Stunden der Reise gezeichnet.

»Wie sind wir nur hier gelandet?«, fragte einer der Männer mit einem Seufzen. Seine Stimme klang müde und verzweifelt. »Wir waren doch nur einfache Arbeiter, die ihr Leben in Stolp führten. Und jetzt sind wir Gefangene in einem unbekannten Land.«

Siegfried sah seine Mitgefangenen an. »Wir müssen einen Plan machen«, murmelte er, seine Augen fest auf die frostigen Schienen gerichtet, die unter ihnen vorbeizogen. »Wir können nicht einfach zusehen, wie wir in die Kälte und Ungewissheit von Sibirien geschickt werden.«

»Und was schlägst du vor?«, fragte der zweite Direktor, seine Hände um den eisernen Becher geklammert, in dem eine schwache Brühe schwamm. Sein Blick war skeptisch, aber auch voller Hoffnung. »Hast du einen Plan?«

Siegfried nickte langsam und nachdenklich. »Wir fliehen«, antwortete er leise. Die Worte fielen wie ein Stein in die fröstelnde Stille des Eisenbahnwaggons und wurden von den anderen Gefangenen mit ungläubigen Blicken aufgenommen.

»Das ist Wahnsinn«, sagte einer der Männer, seine Stimme dünn vor Angst. »Das schafft Ihr nie. Und wenn die Russen das bemerken, werden sie uns alle bestrafen.«

Siegfried schluckte und sah jeden seiner Mitgefangenen nacheinander an. »Aber wenn wir nichts tun, werden wir auch bestraft. Wir müssen es wagen. Wie müssen springen!«, entgegnete er, seine Worte waren entschlossen und fest. »Ich weiß, dass es ein Risiko ist. Aber es ist ein Risiko, das ich bereit bin einzugehen.«

Und so, mitten in der eisigen Nacht, in einem kurzen Moment, in dem die Wächter abgelenkt waren und der Zug seine Fahrt verlangsamte, hieß es »Jetzt oder Nie!« Siegfried und zwei andere Männer wagten den Sprung aus dem fahrenden Zug. Ihr Herz pochte vor Angst und Aufregung, als sie durch den tiefen Schnee liefen. Sie ließen den Zug hinter sich, der sie immer weiter von ihrer Heimat fortzog, und verständigten sich mit leisen Rufen in der Dunkelheit.

Die Rückkehr nach Stolp wurde zu einer Herausforderung, die sie auf jede erdenkliche Weise testete. Sie kämpften sich zurück durch den Schnee, ihre Körper zitterten vor Kälte und Erschöpfung. Sie marschierten tagelang durch zerstörte Dörfer und vorbei an abgebrannten Häusern. Überall zerstörerische Spuren des Krieges auf ihrem Weg. Sie versteckten sich in Bauernhöfen, wurden von den gutmeinenden Bauern mit warmem Essen und einer sicheren Zuflucht versorgt und warteten auf den perfekten Moment, um ihre Reise fortzusetzen, immer auf der Hut vor den patrouillierenden Russen. Siegfried gab sich streckenweise als blind aus, mit Stock und Armbinde, um nicht erneut von den russischen Soldaten gefangen genommen zu werden.

Ihre Füße wurden wund und ihre Körper erschöpft, doch sie hielten fest an ihrem Ziel, immer weiter in Richtung Stolp voranzuschreiten.

»Wir schaffen das«, murmelte Siegfried immer wieder in die Dunkelheit hinein, seine Worte waren ein Mantra, ein Versprechen, das sie in den schwierigsten Momenten aufrecht hielt.

Und so, Monate nach ihrer Flucht, erreichten sie endlich die Grenzen von Stolp, ihre Herzen voller Hoffnung und Erleichterung.

Sie hatten es geschafft, sie waren nach Hause zurückgekehrt. Und obwohl die Reise hart und voller Entbehrungen war, wussten sie, dass sie den richtigen Weg gewählt hatten. Denn zuhause, das war der Ort, an dem ihr Herz war, von dort würde Siegfried einen Weg zu seiner Familie finden, die er irgendwo im sicheren Westen wähnte.

Doch als Siegfried die Schwelle des bescheidenen Hauses in Stolp überschritt, fand er eine Szenerie des täglichen Lebens vor, die mitten im Chaos hatte bestehen können. Herta und die Kinder, gesund und unversehrt, gezeichnet zwar, aber am Leben. Hatte er sie doch inzwischen irgendwo im Schleswig-Holstein geglaubt, doch sie waren hier, in Stolp, in ihrer Wohnung. Nachdem die Kinder von ihm abgelassen hatten, zog Herta ihren Siegfried an sich, küsste ihn und benetzte seine Wangen mit ihren Tränen. Nie hätte sie geglaubt, ihn so schnell wiederzusehen. Es grenzte an ein Wunder, hatte sie doch in den letzten Wochen und Monaten das ganze Unheil jener letzten Kriegsmonate im Osten miterlebt, Vertreibung, Flucht, Gewalt und Tod, und Siegfried war dem sicheren Tod in Sibirien entkommen, wie durch ein Wunder.

»Ja, ich bin zurück«, antwortete Siegfried, seine Stimme fest und entschlossen. Er öffnete seinen Rucksack und zeigte auf die Lebensmittel, die er mitgebracht hatte.

»Ein Bauer hat mir das mitgegeben. Eier, Speck, Wurst, Fett ... wir haben genug zu essen für einige Tage.«

Die Kinder sprangen auf vor Freude und rannten zu ihrem Vater, umarmten ihn und begrüßten ihn nochmals voller Freude. Siegfried sah sie an und lächelte, sein Herz füllte sich mit Hoffnung.

Die nächsten Tage waren erfüllt mit kleinen Freuden und der Wärme der Familie, die trotz der harten Realität der Nachkriegszeit zusammenhalten konnte. Sie ernährten sich von den Lebensmitteln, die Siegfried mitgebracht hatte, und teilten das Wenige, was sie hatten, mit anderen vertriebenen Familien, die in ähnlichen Umständen lebten.

Die Straßen von Stolp waren voller Leid, voller Schmerz und Tod, aber in ihrem kleinen Heim konnten Siegfried und seine Familie eine Oase der Ruhe und Hoffnung finden. Und obwohl sie wussten, dass die harten Zeiten noch nicht vorbei waren, waren sie entschlossen, zusammenzuhalten und weiterzumachen. Denn sie waren zu Hause, sie waren zusammen - und das war das Wichtigste.

Herta brach auf, die Stille des Morgens umhüllte sie. Sie ging zum Fluss, dem Ort, der trotz der Zerstörung um sie herum immer noch eine Landschaft von friedlicher Schönheit bot. Sie saß auf einem alten Baumstumpf, der aussah, als wäre er von den Fluten des Flusses geschliffen worden, und senkte ihren Kopf in Demut.

»Gott, ich danke dir«, flüsterte sie, ihre Worte verloren sich im sanften Rauschen des Flusses. »Ich danke dir für den Schutz, den du meiner Familie gewährt hast. So viele sind tot, verloren, verschollen. Aber wir sind noch zusammen. Wir haben genug zu essen. Ich danke Dir. Doch bitte lass uns auch Joachim eines Tages wiedersehen.«

Sie schloss ihre Augen und sandte ihre Worte in die Stille des frühen Morgens hinaus, in der Hoffnung, dass sie irgendwo oben gehört, auf den Flügeln der Engel davongetragen würden. In jenem

Moment spürte Herta eine Wärme durch ihr Herz strömen. Sie wusste, dass ein harter und langer Weg vor ihnen lag. Aber in diesem Augenblick, am Ufer dieses Flusses, fühlte sie sich gesegnet und dankbar. Sie wusste, dass sie nicht alleine waren. Sie wusste, dass sie inmitten des Leids und der Verzweiflung einen Hoffnungsschimmer gefunden hatten. Und das war alles, was zählte. Siegfried war der Front und der Kriegsgefangenschaft entkommen, Herta und die Kinder hatten die Flucht und die Ankunft der Russen unversehrt überstanden, all das war mehr als nur ein Wunder.

Doch kaum war die Freude über Siegfrieds heile Rückkehr verflogen, da wartete bereits die nächste Herausforderung auf ihn. Die sowjetischen Besatzer hatten für die Wiederaufbauarbeiten in Stolp eine Maurerkolonne zusammengestellt, zu der nun auch Siegfried gehören sollte. Für ihn, der sein Leben lang im Büro als Bankbeamter tätig gewesen war, bedeutete diese Arbeit eine Welt, die ihm fremder nicht sein konnte. Täglich schleppte er Steine, rührte Mörtel an und half beim Errichten kleiner Mauern. Seine Hände, gewöhnt an Feder und Papier, wiesen bald blutige Blasen auf.

»Siegfried, komm! Halte die Kelle so«, rief ihm eines Tages ein Kollege zu, ein gestandener Maurer mit Händen wie Schaufeln. Unter seiner Anleitung lernte Siegfried die Kunst des Mauerns – eine Kunst, die ihm trotz allem fremd blieb. Doch die Maurerarbeit im russischen Offizierskasino hatte auch ihre Vorteile. Jeden Abend, wenn die Kolonne ihre Werkzeuge niederlegte, warteten bereits die Reste des Essens der Offiziere auf sie. In jenen Tagen war jedes Stück Brot, jeder Rest Fleisch ein Segen, den Siegfried dankbar annahm und stolz nach Hause trug.

Um sich den Gefahren der Straße zu entziehen, die auch nach dem Krieg allgegenwärtig waren, veränderte Siegfried sein Äußeres drastisch. Mit 49 Jahren machte er sich älter, ließ sich einen wilden Bart wachsen und hinkte, gestützt auf einen Krückstock, durch die Straßen von Stolp. Manchmal trug er wieder eine Augenklappe, gab sich als blind aus, nur um den misstrauischen Blicken der russischen Soldaten zu entgehen. Die List funktionierte – zumindest die meiste Zeit.

»Glaubst du, das täuscht sie?«, hatte Herta ihn eines Morgens gefragt, als er wieder einmal als gebrechlicher Greis das Haus verließ.

»Ich hoffe es«, war seine stets gleichbleibende Antwort, bevor er in die morgendliche Kälte hinausging, eingehüllt in eine Decke von Vorsicht und Angst.

Als die Russen abzogen und die Polen übernahmen, änderte sich Siegfrieds Arbeitsalltag erneut. Von da an arbeitete er als Streckenarbeiter, reparierte Gleise und Weichen unter der strengen Aufsicht polnischer Vorarbeiter. Die Arbeit war nicht minder hart, und doch fand Siegfried in dieser Zeit zu einer neuen Stärke, einer Entschlossenheit, die ihn und seine Familie durch die ersten schweren Nachkriegsmonate trug.

»Wir bauen auf, Stein für Stein, Schiene für Schiene«, sagte er eines Abends zu Herta, während er sein müdes Haupt in ihren Schoß bettete. »Und eines Tages werden wir wieder frei sein.«

In diesen Momenten, getragen von Hoffnung und dem unbeugsamen Willen zum Überleben, wurden die Narben des Krieges langsam blasser. Das Leben in Stolp, gezeichnet von Verlust und Zerstörung, begann erneut zu blühen, Stück für Stück, wie die Mauern und Gleise, die Siegfried Tag für Tag errichtete.

Der Morgen graute kühl und neblig, als Siegfried und sein jüngerer Sohn Eckard sich wieder einmal auf den Weg machten. Siegfrieds Schritte, schwer und bedacht, erschienen wie ein Echo vergangener Sorgen, die die ruhigen Straßen von Stolp durchdrangen. Eckard, mit einem alten Kinderwagen voller Tauschware vorneweg, bewegte sich mit der Leichtigkeit und Unbeschwertheit der Jugend, die nichts von der Last der Vergangenheit wusste.

»Sei vorsichtig, Eckard. Wenn du an den Posten vorbeikommst, nicht stehenbleiben, nicht zögern«, mahnte Siegfried, sein Blick fest auf den kieselsteinbesetzten Weg gerichtet, der vor ihnen lag.

»Ich weiß, Vater. Ich werde sofort durchgehen, als hätte ich keinen anderen Zweck als mein Ziel«, erwiderte Eckard mit einem Hauch von Trotz in der Stimme, der seinen Vater zum Schmunzeln brachte.

Der neblige Morgen hüllte alles in ein sanftes Grau, welches die Farben der Welt verblassen und die Silhouetten der Bäume wie Schatten erscheinen ließ. Als sie den Stadtrand erreichten, verlangsamte Siegfried seinen Gang, ließ Eckard vorangehen und beobachtete, wie sein Sohn geschickt und unauffällig am russischen Posten vorbeischlüpfte. Siegfrieds Herz schlug schneller, als er sich dem Soldaten näherte, seinen Schritt hinkend verlangsamte, und mit bangem Herzen auf das Unvermeidliche wartete.

»Halt! Ausweis!« Die barsche Stimme des russischen Soldaten durchschnitt die morgendliche Stille. Siegfried, der die wenigen russischen Wörter verstand (bei den Petrowitschs, vor langer Zeit, hatte er ja ein wenig Russisch gelernt), zückte seinen Ausweis und reichte ihn dem Soldaten, während er mit seiner freien Hand den Krückstock umklammerte.

In diesem Moment, als der Soldat den Ausweis prüfte, blickte Siegfried auf und sah, wie jemand aus einem nahen Haus gestikulierte. Der Blick des Fremden, intensiv und entschlossen, war wie ein Leuchtturm in der Dunkelheit. Siegfried nickte kaum merklich und folgte, nachdem der Soldat ihn weitergehen ließ, dem stummen Ruf ins Unbekannte.

»Vater! Da bist du ja«, Eckards Stimme, erleichtert und froh, holte Siegfried aus seinen Gedanken, als er sich dem verabredeten Treffpunkt näherte. Eckard, in sicherer Entfernung wartend, war unversehrt. Siegfried fühlte eine tiefe Dankbarkeit, als er den Kinderwagen erblickte, noch immer gefüllt mit den kostbaren Tauschgütern.

»Komm, mein Junge. Wir haben einen langen Tag vor uns. Und wenn wir Glück haben, bringen wir Brot und vielleicht etwas Butter mit nach Hause«, sagte Siegfried mit einem Lächeln, das mehr Hoffnung versprach, als er fühlte.

Und so zogen sie weiter, durch Felder und Wälder, über Wege, die von den Lebensgeschichten derer, die vor ihnen gegangen waren, erzählten. Die Bauern, bei denen sie Halt machten, empfingen sie mit einer Mischung aus Misstrauen und Mitleid, aber das Wenige, das sie aushandelten, war wie ein Festmahl für die hungernden Seelen. Mit jedem Schritt, jeder Begegnung, webten Vater und Sohn die Fäden ihrer Überlebensgeschichte weiter, ein kostbares Gewebe aus Mut, Hoffnung und der unerschütterlichen Stärke der Familie.

Während Siegfried und Eckard die Grenzen ihres täglichen Überlebens neu ausloteten, unternahm Herta eine Reise eigener Art. Mit der ersten Morgendämmerung bestieg sie den Zug nach Lauenburg, fest entschlossen, ihre Mutter, »Oma Anna«, nach Hause zu bringen. Die Zugfahrt, eine schier endlose Odyssee durch verwüstete Landschaften, spiegelte die Zerrissenheit des Landes wider. Herta saß am Fenster, ihr Blick verlor sich in den vorbeiziehenden Ruinen und kargen Feldern – stumme Zeugen der zurückliegenden Gewalt.

In Lauenburg fand sie Oma Anna in einem kleinen, behelfsmäßig eingerichteten Zimmer im Hause einer entfernten Bekannten. Die Wiedersehensfreude war unbeschreiblich. »Herta, mein Kind!«, rief Oma Anna und umschlang ihre Tochter mit zitternden Armen. »Ich hatte Angst, ich würde Dich niemals wiedersehen.«

Die beiden Frauen packten hastig die wenigen Habseligkeiten zusammen, die Oma Anna während der Flucht begleitet hatten. Mit ihren Koffern machten sie sich auf den Weg zum Bahnhof, umgeben von der geschäftigen Hektik anderer Reisender, die ebenfalls auf der Suche nach einem Weg zurück in ihr altes Leben waren.

Die Fahrt zurück nach Stolp traten sie mit einer Mischung aus Hoffnung und Ungewissheit an. Die Landschaft zog vorbei, malerisch und doch so vernarbt, während die Eisenbahnschienen rhythmisch unter ihnen ratterten. »Schau nur, wie viel sich verändert hat, Mutter«, sagte Herta leise, als sie durch ein von Kriegsnarben verwundetes Dorf fuhren. Oma Anna nickte schweigend, ihre Augen feucht von der Erinnerung an ein unbeschwertes Leben, das nun in Trümmern lag.

Als der Zug schließlich in Stolp einfuhr, riss Oma Anna die Augen weit auf. Zu sehr hatte sich die Stadt unter der russischen Besatzung verändert. Doch in ihren Herzen trugen Herta und Oma Anna ein unerschütterliches Licht der Hoffnung. Mit festen Schritten betraten sie den Bahnsteig, bereit, die Bruchstücke ihrer Existenz wiederaufzubauen. »Wir sind zuhause, Mutter«, flüsterte Herta, während sie durch die Bahnhofshalle liefen, fest entschlossen, aus den Trümmern der Vergangenheit eine neue Zukunft zu formen.

Im Schatten des gerade vergangenen Grauens verging der Sommer 1945 in den Ostgebieten um Stolp nicht mit der üblichen Unbeschwertheit, sondern trug die Last einer tiefen Narbe. Der Krieg hatte sein Ende gefunden, doch die Wunden, die er in die Erde, in die Städte und in die Seelen der Menschen gerissen hatte, waren noch frisch. Die politische Landschaft war zerrüttet, eine Karte neu gestaltet von Mächten, die weit entfernt ihre Linien zogen, ohne die Risse zu sehen, die sie hinterließen. In dieser verwandelten Welt musste der Alltag neu geformt werden, auf einem Boden, der mit Trümmern übersät war und unter einer neuen Ordnung, die mit strenger Hand regierte. Während die Besatzungsmächte versuchten, die Kontrolle über das aufgewühlte Land zu gewinnen, suchten die

Menschen nach ihrem Platz in einem veränderten Deutschland. Viele standen vor den Trümmern ihrer Existenz, in dem schmerzhaften Bewusstsein, dass nichts mehr so sein würde wie zuvor.

Die Ostgebiete, nun am Rande eines zersplitterten Reiches, wurden von einer Welle der Ungewissheit erfasst, da Verschiebungen der Grenzen neue Fragen über Zugehörigkeit und Identität aufwarfen. Der Sommer 1945 war mehr als eine Jahreszeit; er war der Anfang eines langen Weges durch eine Landschaft, die von der Vergangenheit gezeichnet und von der Zukunft noch nicht geformt war.

Die Pfade unterschiedlichster Schicksale kreuzten sich in Pommern – Vertriebene, die nach Zuflucht suchten; Soldaten, die nicht zurückkehren konnten oder wollten; Kinder, die in den Ruinen nach Hoffnung suchten. Über all dem ein Himmel, dessen Dunkelheit nach den langen Bombennächten ungewohnt finster war, als wollte er die Narben der Erde verbergen, die unter den Sternen leise nach Heilung tasteten.

An einem heißen Sommertag, als die Sonne erbarmungslos über den ruinenübersäten Straßen Stolps brannte, machte sich Eckard allein auf den Weg. In seiner Hand trug er eine Einkaufstasche mit einer Flasche Klosterfrau Melissengeist – sein Tauschobjekt in einer unsicheren Welt. Die Straßen waren wie leergefegt, und seine Schritte hallten zwischen den zerstörten Gebäuden wider, jedes Echo ein Zeugnis der Stille, die die Stadt umklammerte.

Als Eckard die Gruppe russischer Soldaten erblickte, die sich im Schatten eines halb eingestürzten Gebäudes versammelte, straffte er sich. Mit kindlicher Entschlossenheit, die in seltsamem Kontrast zu seiner zarten Gestalt stand, trat er vor, zog die Flasche hervor und hielt sie hoch, ein stilles Angebot in seiner ausgestreckten Hand.

Die Soldaten, zunächst überrascht, umringten ihn schnell, mit einem Gemisch aus Neugier und Misstrauen in ihren Blicken. Sie sprachen in ihrer fremden Sprache, lachten laut – Klänge, die Eckard zwar hörte, doch deren Bedeutung ihm fremd blieb. Das Herz schlug ihm bis zum Hals, während er versuchte, Mut zu fassen und nicht zu zeigen, wie unwohl ihm tatsächlich war.

Ein Soldat, breitschultrig und mit einem unsteten Funkeln in den Augen, griff nach der Flasche. Er öffnete sie, roch daran und reichte sie weiter. Ein stummes Spiel begann, bei dem jeder Soldat zwar die Flasche zum Gesicht führte, doch niemand wagte, einen Schluck zu nehmen. Die Unsicherheit schwang wie ein unsichtbares Seil zwischen ihnen.

Plötzlich packte ein anderer Soldat, jünger und mit einer vorsichtigen Neugier in seinen Augen, Eckard und hielt ihm die Flasche an die Lippen. Eckard hatte keine Wahl – der scharfe Alkohol brannte in seinem Mund, in seiner Kehle, eine Flutwelle, die ihn zu ertränken drohte. Seine Augen tränten, sein Kopf wirbelte, und ein Hustenanfall schüttelte seinen ganzen Körper. Die Soldaten lachten, eine harsche, fremde Heiterkeit.

Doch dann, in einem unerwarteten Akt der Güte, nahm derselbe Soldat Eckards Einkaufstasche und verschwand. Eckard blieb zurück, kämpfte um Fassung, seinen brennenden Schmerz zu lindern. Als der Soldat zurückkehrte, legte er die Tasche behutsam vor Eckards Füße, nun schwer vom Gewicht des Käses, den sie beinhaltete.

Mit einer Mischung aus Stolz und Erleichterung, noch immer den Nachgeschmack des Melissengeists auf der Zunge, machte sich Eckard auf den Heimweg. Seine Schritte, unsicher und doch eilend, führten ihn zurück zu seiner Familie, mit der Gewissheit, dass der erhandelte Camembert – der »Stolper Jungchen«, wie sie ihn in besseren Zeiten genannt hätten – in den kommenden Tagen ihren Tisch bereichern würde.

Zu Hause präsentierte er den Käse wie einen Schatz.

»Schau, was ich bekommen habe, Vati!«, rief er aus, und Siegfried, mit einem Lächeln, das in seinen Augen zu lesen war, legte den Arm um ihn.

»Gut gemacht, mein Junge«, sagte er, »du hast uns heute ein schönes Abendessen beschert.«

Zusammengezwängt in der kleinen Küche, die von den Kriegsjahren gezeichnet war, fand die Familie trotz allem einen Moment des Friedens und der Gemeinschaft, vereint durch den einfachen, aber kostbaren Akt des Teilens.

Inmitten der Ruinen, die einmal Heimat gewesen waren, begann sich das Antlitz Europas zu wandeln. Während die Menschen in den Ostgebieten unter der Last der Vergangenheit und der Unklarheit der Gegenwart ächzten, wurden weit entfernt, an runden Tischen und in

dunklen Kammern, die Weichen für eine neue Weltordnung gestellt.
Polen, das Land, das so oft zerteilt und zerrissen worden war, sollte
wiedergeboren werden – jedoch um den Preis einer Verschiebung,
die die Landkarten neu zeichnete und das Leben unzähliger
Menschen für immer veränderte.

Für die deutschen Bewohner in den nun polnischen Gebieten
bedeutete dies einen abrupten Aderlass ihrer Existenz. Häuser, die
für Generationen erbaut worden waren, Felder, die mit ihrer Hände
Arbeit bestellt wurden, Ortschaften, deren Namen in den Sprachen
der Ahnen widerhallten, gehörten nun einer neuen Ordnung an.
Polen, das aus den Schatten des Krieges trat, suchte in diesen
Gebieten einen Weg der Wiedergutmachung und des Neubeginns.
Doch was für die einen Wiederaufbau bedeutete, war für die anderen
der Verlust ihrer Wurzeln.

Stolp und die umliegenden Regionen, die einst fest im deutschen
Kulturraum verwurzelt waren, wurden Teil Polens – eines Polens, das
sich seinerseits mühsam aus der Trümmerlandschaft erhob, um
seine nationale Identität und Souveränität in einer von Krieg und
Besatzung entstellten Welt neu zu definieren. Während polnische
Familien in die Gebiete zogen, gezeichnet von eigenen Verlusten und
der Sehnsucht nach einem Ort, den sie Heimat nennen konnten,
wurden die deutschen Einwohner zu Vertriebenen im eigenen Land.
Sie standen vor der Wahl: verlassen, was ihr Leben gewesen war,
oder sich in der neuen Ordnung zurechtzufinden, zwischen
Sprachlosigkeit und der Notwendigkeit, Brücken zu bauen.

Die Entstehung Polens nach dem Zweiten Weltkrieg, begleitet von der westwärts rückenden Grenze, zeugte nicht nur von einem Wiedererstehen, sondern auch von den schmerzlichen Geburtswehen eines Europas, das versuchte, seine Wunden zu heilen. Für die Menschen in den nun polnischen Ostgebieten bedeutete dies den Beginn eines Zusammenlebens, das auf den Trümmern alter Feindseligkeiten und dem Versprechen einer gemeinsamen, wenngleich ungewissen Zukunft errichtet wurde.

Im Laufe des Sommers fanden die ersten polnischen Familien ihren Weg nach Stolp. Mit dem Anbruch des Herbstes verdichtete sich ihr Strom zu einer Welle, und bald schon überstieg ihre Zahl die der deutschen Einwohner. Die Stadt, deren Gassen und Gebäude die Narben des Krieges trugen, begann sich langsam zu verändern. In leerstehenden Wohnungen wurden Vorhänge aufgezogen, in den Schaufenstern der Geschäfte prangten jetzt polnische Namen, und der Zloty wurde zur neuen Währung, die durch die Hände der Menschen ging. Aber dieser Wandel vollzog sich nicht ohne Spannungen.

Die Russen, die bisher die Stadt kontrolliert hatten, fanden sich nun in einem schwierigen Verhältnis zu den Polen wieder, die mit einer fast triumphierenden Haltung in Stolp ankamen. Die deutsche Bevölkerung, ohnehin gebeutelt vom Krieg und seinen Nachwirkungen, stand nun unter einem zusätzlichen Druck. Es kam vor, dass die Russen zugunsten der Deutschen eingreifen mussten, wenn Konflikte mit den Polen eskalierten.

Die knapp bemessenen Räume Stolps wurden zum Schauplatz eines neuen Kampfes, diesmal um Wohnraum. Die Polen, die inzwischen fast alle leerstehenden Wohnungen bezogen hatten, begannen, Ansprüche auf die Apartments anzumelden, in denen immer noch Deutsche lebten. Eines Tages klopfte es auch an der Tür von Herta und Siegfried. Zwei polnische Männer standen in der Tür und forderten unmissverständlich und mit harter Stimme die sofortige Räumung der Wohnung.

Herta war alleine zu Hause, ihr Herz klopfte bis zum Hals, die Angst malte sich in ihren Augen. »Nein! Das können Sie nicht machen! Wir haben kleine Kinder!«, rief sie auf Deutsch heraus, hoffend, dass die Männer sie verstehen würden. Aber ihre Blicke blieben kalt, unbeeindruckt.

In dem Augenblick traf Eckard ein, der gerade aus der Schule kam. Er erkannte sofort die Brisanz der Situation. Ohne zu zögern, rannte er los, durch die verwinkelten Straßen Stolps, vorbei an dem polnischen Lebensmittelladen, der erst kürzlich eröffnet hatte, und hinüber zur Druckerei, wo Marek, ein junger Pole aus dem Mietshaus, arbeitete.

»Bitte, Marek, du musst meiner Familie helfen!«, keuchte er, kaum dass er den jungen Mann erreicht hatte. Marek, der ein paar Worte Deutsch konnte, legte seine Arbeit nieder und folgte Eckard ohne ein weiteres Wort.

Als Marek in der Wohnung ankam, sprach er in polnischer Sprache ruhig, aber bestimmt mit den Männern. Es waren Momente gespannter Stille, die sich wie eine Ewigkeit anfühlten. Schließlich nickten die Männer, warfen noch einen letzten, missbilligenden Blick auf Herta und verließen die Wohnung.

»Danke, Marek. Du hast uns sehr geholfen«, sagte Herta mit Tränen in den Augen, ihre Stimme erfüllt von Erleichterung und Dankbarkeit.

Marek, mit einem freundlichen Lächeln, entgegnete in gebrochenem Deutsch: »Niemand sollte sein Zuhause verlieren müssen. Wir sind alle Menschen, egal welcher Nation wir angehören.«

Dieser Tag hinterließ in Eckard eine tiefe Spur, ein klares Bild der Menschlichkeit und des Mutes, selbst in den dunkelsten Zeiten. Und während Stolp langsam zu einem Ort wurde, an dem polnische und deutsche Stimmen sich im Alltag vermischten, fand die Familie in den simplen, aber bedeutungsvollen Worten Mareks einen Funken Hoffnung und die Gewissheit, dass nicht alle Brücken zwischen den Völkern eingerissen waren.

Als der Herbst in Stolp einkehrte, hüllten sich die Straßen in ein Gewand aus fallenden Blättern, deren Farben vom letzten Sonnenlicht des Jahres geküsst wurden. Der Winter 1945 näherte sich mit eisernen Schritten, und mit ihm rückte das erste Nachkriegsweihnachten näher – ein Weihnachten, wie es niemand aus der Familie je zuvor erlebt hatte.

In der kleinen Wohnung, die trotz der Kälte und der knappen Kohlerationen eine Zuflucht bot, versammelte sich die Familie um den karg geschmückten Tisch. Ein paar dürre Tannenzweige, sorgfältig in einer leeren Flasche arrangiert, dienten als Ersatz für einen Weihnachtsbaum. Die wenigen Kerzen, die Herta übers Jahr aufbewahrt hatte, flackerten und warfen Schatten an die Wände, die von Rissen und der Patina harter Jahre erzählten.

»Lasst uns ein Weihnachtslied singen«, schlug Siegfried vor, seine Stimme überraschend fest inmitten der unsicheren Stille. »Stille Nacht«, flüsterte eines der Kinder, und so begannen sie, leise, aber mit einer Zähigkeit, die aus tiefstem Herzen kam, das wohl bekannteste deutsche Weihnachtslied zu singen. Ihre Stimmen mischten sich mit dem Wind, der durch die undichten Fenster pfiff, und für einen Moment vermochten sie, die Härte ihrer Realität zu vergessen.

Geschenke gab es keine. Stattdessen legte Herta einen kleinen Stapel selbstgemachter Brotplätzchen in die Mitte des Tisches, mehr als Geste, denn als Mahlzeit. Die Augen der Kinder leuchteten auf – ein kurzer, süßer Moment der Freude.

»Ich wünsche mir nichts mehr, als dass Joachim zu uns zurückkommt«, sagte Renate leise, während sie das Brot zwischen ihren dünnen Fingern brach. Die Familie nickte stumm, ihre Gedanken bei dem vermissten Familienmitglied, dessen Schicksal wie ein dunkler Schatten über dem festlichen Abend lag.

Trotz der bedrückenden Ungewissheit und der spartanischen Umstände fand sich die Familie in einer einfachen, aber tiefen Dankbarkeit wieder. Dankbar für das Zusammensein, für die Schutz bietenden vier Wände, für das flackernde Licht der Kerzen, das in der Dunkelheit Hoffnung symbolisierte.

»Wir werden auch diesen Winter überstehen«, sagte Siegfried schließlich, seine Worte weniger eine Vorhersage als ein Versprechen, ein stiller Schwur einer Familie, die gegen alle Widrigkeiten zusammenhielt.

Die Nacht zog herauf, kälter und dunkler als alle zuvor, und dennoch, inmitten der Stille und Bescheidenheit dieses Weihnachtens, verstanden sie, was wirklich zählte. Die Liebe und der unerschütterliche Zusammenhalt gaben ihnen Kraft, ein Licht in der Dunkelheit, eine Wärme in der Kälte – ein zarter Funke Hoffnung in einer Welt, die sich langsam aus den Trümmern zu erheben begann. Im Frühling des Jahres 1946 wurde das Leben für die noch wenigen deutschen Bewohner Stolps immer schwieriger. Doch obwohl sich Siegfried mehrfach um eine geordnete Ausreise „gen Westen" bemühte, trotz der immer unhaltbar werdenden Zustände und der ständigen Angst, aus der Wohnung vertrieben zu werden, erhielt die junge Familie keine Genehmigung zur Ausreise seitens der polnischen Behörden. Warum? In den nun von Polen besetzen deutschen Provinzen waren Arbeitskräfte knapp, wurden aber zum Wiederaufbau dringend benötigt. Die wenigen noch verbliebenen Deutschen sollten die Zerstörungen beseitigen und Aufräumarbeiten erledigen. Für Siegfried und Herta kam erschwerend der Familienname hinzu - Kosinsky ist ein slawischer Name - für die Polen hatten sie demnach slawische oder sogar polnische Vorfahren. Die Familie sollte in Pommern bleiben und langfristig „polonisiert" werden. So war der offizielle Sprachgebrauch und so wurde es Siegfried mitgeteilt. Eine Ausreise war verboten, eine

Zugfahrt in Richtung Westen durfte bei Strafe nicht angetreten werden.

Am Morgen des 21. März 1946, als der Frühling gerade Einzug hielt, brach in Stolp ein grauer Tag an. Der Himmel war bedeckt von schweren Wolken, die den Frühlingsanfang mehr erahnen ließen, als ihn freudig zu verkünden. In der bescheidenen Wohnung der Familie machte sich trotz der tristen Umstände ein Hauch von feierlicher Stimmung breit. Es war ein besonderer Tag, denn Renate, das jüngste Familienmitglied, feierte heute ihren 6. Geburtstag. Sie verstand zwar die komplexe Welt um sie herum nur bedingt, spürte jedoch die sorgenvollen Blicke ihrer Eltern und die unterschwellige Anspannung, die in der Luft lag.

»Glückwunsch, mein Schatz«, sagte Herta und küsste ihre Tochter liebevoll auf die Stirn. Siegfried überreichte ihr ein kleines selbstgemachtes Spielzeug, eines der wenigen Dinge, die sie ihrer Tochter in diesen schwierigen Zeiten bieten konnten. »Für dich, damit du immer was zum Spielen hast, egal, wo wir sind«, sagte er mit einem warmen, aber leicht gezwungenen Lächeln. Es war eine einfache Geste, die jedoch von großer Liebe und Fürsorge zeugte.

Die Stimmung in der kleinen Wohnung war getrübt von der Unsicherheit, die die Familie umgab. Während Renate mit ihrem Bruder um den kleinen Tisch herum saß, auf dem ein flaches Brot als Ersatz für einen traditionellen Geburtstagskuchen lag, besprachen Siegfried und Herta leise ihre Pläne. »Ich habe gehört, die Polen drängen auf größere Vertreibungsaktionen«, flüsterte Siegfried, »Es geht nicht mehr nur um vereinzelte Wohnungen. Wir müssen Stolp freiwillig und geordnet verlassen, solange wir noch können.« Angst lag in seiner Stimme, eine Angst, die viele deutsche Familien in diesen Tagen teilten.

Herta nickte ernst. »Ich habe aus den Resten der Stoffe, die ich finden konnte, Rucksäcke genäht. Wir packen nur das Nötigste. Alles andere verkaufen wir oder lassen es zurück.« Ihre Stimme war bestimmt, fast als versuchte sie, ihre eigene Entschlossenheit zu überzeugen. Es war klar, dass dieser Schritt kein leichter sein würde, doch die Entschlossenheit, für ihre Familie eine sicherere Zukunft zu suchen, gab ihnen die nötige Kraft.

In den darauffolgenden Tagen gingen Siegfried und Herta von Tür zu Tür und boten ihre letzten Habseligkeiten den neuen polnischen Nachbarn an. Die Gegenstände, die einst Teil ihres Lebens und ihrer Erinnerungen gewesen waren, wandelten sie in Zloty um, ihre einzige Chance auf eine Flucht in etwas wie Sicherheit. Jeder Verkauf war begleitet von einem Stich im Herzen, doch die Notwendigkeit ließ ihnen keine andere Wahl.

Eines Abends, als die Kinder bereits tief und fest in ihren Betten schliefen, klopften sie bei einem polnischen Eisenbahner an, der im Stockwerk über ihnen wohnte. »Wir benötigen deine Hilfe«, begann Siegfried, sein Blick fest auf den des Eisenbahners gerichtet.

»Wir müssen nach Stettin kommen, so sicher und unauffällig wie möglich.« Der Eisenbahner, ein Mann mittleren Alters mit scharfen Zügen und einem Blick, der sowohl Verständnis als auch ein gewisses Maß an Skepsis verriet, nickte langsam.

»Es ist gefährlich«, murmelte er, »aber ich verstehe. Ich werde sehen, was ich tun kann. Es gibt einen Zug ... aber es wird etwas kosten.«

Sie schüttelten sich die Hände, und ein dunkles Geschäft wurde besiegelt, das ihre Hoffnung auf Freiheit bedeuten könnte.

In der Nacht vor ihrer geplanten Abreise packten Siegfried und Herta die sorgfältig genähten Rucksäcke. Neben Kleidung legten sie auch zwei große Milchkannen hinein, gefüllt mit Schmalz, ein wertvoller Schatz in diesen hungernden Zeiten. Als Renate und Eckard in der Dämmerung aufwachten, spürten sie die angespannte Erwartung ihrer Eltern, bereit, ihr altes Leben hinter sich zu lassen.

Siegfried hielt Hertas Hand fest, während sie auf das vereinbarte Zeichen warteten.

»Wie auch immer es wird«, flüsterte er, »wir bleiben zusammen, wir haben uns, und das ist alles, was zählt.« Und so standen sie auf, im ersten Licht eines neuen Tages, am Beginn einer Reise ins Ungewisse, mit nichts als der Hoffnung im Gepäck, einem neuen Leben entgegen.

Als Ende Mai 1946 der Tag der Ausreise anbrach, war der Morgen eingehüllt in das sanfte Grau des Frühlings, der sich in Stolp noch zaghaft in den ersten warmen Sonnenstrahlen zeigte. Die Straßen waren leer und still, als hätten sie sich an die Stille der frühen Stunde angepasst, fast so, als würden sie den Atem anhalten. Herta stand für einen Moment an der Wohnungstür, ihre Hand zögerte am Schlüssel, als ob dieser letzte Akt des Abschließens mehr Gewicht trug als alle vorangegangenen Male. Sie blickte zurück in die vertrauten Räume, die nun leer und still ohne das Echo der gewohnten Stimmen und das Lachen ihrer Kinder vor ihr lagen. Mit einem tiefen Seufzer, der mehr als nur den Abschied von ihrer Wohnung, sondern auch von ihrem bisherigen Leben war, schloss sie die Tür. Ein symbolischer Akt, der das Ende eines Kapitels und den Beginn eines ungewissen neuen bedeutete. Der Schlüssel verschwand in der Tiefe ihrer Tasche, als wäre er ein letzter Schatz. Sie konnte nicht wissen, dass derselbe Schlüssel später einmal als stiller Zeuge ihrer Vergangenheit in ihr Grab gelegt werden würde.

Renate und Eckard blickten mit einer Mischung aus Neugier und Unruhe in die Früh, nicht ganz verstehend, aber spürend, dass dieser Tag anders war als alle anderen. Während Oma Anna und die andere Oma, Siegfrieds Mutter Marta, genannt Amama, jede mit ihrer eigenen tiefgründigen Geschichte des Verlustes und der Hoffnung, sich zu ihnen gesellten, trugen sie eine Stärke in sich, die nur das Leben schreiben kann. Siegfried hatte am Vortag die gewaltige Aufgabe übernommen, seine Mutter aus dem bei Stolp gelegenen Dörfchen Schlawe zu holen, ein letztes Band, das sie mit ihrer alten Heimat verband, wurde nun zerschnitten - ein Abschied, der mehr als nur geografische Distanz bedeutete.

Schwer bepackt mit dem wenigen, was sie mitnehmen konnten, machten sie sich auf den Weg zum Bahnhof, wo der polnische Eisenbahner, dessen Hilfe sie erbeten hatten, bereits wartete. Es war mehr als nur ein Dienst, den er ihnen erwies; es war eine Geste der

Menschlichkeit in ungewissen Zeiten. Trotz der frühen Stunde war die Atmosphäre angespannt, von Hoffnung und Furcht zugleich geprägt.

Der Eisenbahner, ein Mann mittleren Alters mit ernstem Blick, der das Gewicht seiner Verantwortung zu tragen schien, nickte ihnen zu und führte sie geradewegs zur Bahnhofssperre, die er mit einem Schlüssel bedächtig öffnete. Dieser Moment, in dem die Sperre hinter ihnen ins Schloss fiel, war erfüllt mit einem Gefühl des definitiven Abschieds von Stolp, einem Ort, der so viel von ihrem Leben umfasst hatte.

Auf dem Bahnsteig stand der Zug, bereit zur Abfahrt, ein Symbol des Übergangs, des Beginns ihrer Reise ins Unbekannte. Der Lokführer, dessen Gesicht von der Anstrengung und Konzentration seiner Arbeit gezeichnet war, geleitete sie an die Spitze des Zuges, wo sich direkt hinter der dampfenden Lok ein Güterwagen befand. Sie kletterten hinein, die Tür wurde hinter ihnen geschlossen, und plötzlich umfing sie Dunkelheit. Doch sie waren nicht allein. Die Silhouetten anderer Menschen, ähnlich verloren und hoffnungsvoll, zeichneten sich im schwachen Licht ab, das durch Ritzen ins Wageninnere fiel. Kurze Blicke und geflüsterte Worte wurden ausgetauscht, jede Familie in ihrem eigenen Kokon der Unsicherheit und Hoffnung.

»Wir haben uns, und das ist alles, was zählt«, wiederholte Siegfried, seine Hand suchte die von Herta im Dunkeln. Seine Worte, einfach und doch so tief, sollten Trost spenden, doch in ihrer Einfachheit lagen sowohl die Verzweiflung über das Verlorene als auch die stille Hoffnung auf das, was vor ihnen lag. Der Zug setzte sich in Bewegung, langsam erst, dann immer schneller werdend, und ließ die letzten Spuren ihrer alten Existenz hinter sich. In diesem Moment, gezeichnet von der Schwere des Abschieds, aber auch der Hoffnung auf ein neues Leben, begann für die Familie eine Reise ins Ungewisse, getragen von der Sehnsucht nach Sicherheit und Frieden, ein neues Kapitel in ihrem Leben, das noch geschrieben werden musste.

In den frühen Morgenstunden, als der Tau noch sanft die umliegende Landschaft bedeckte, erreichten Herta und Siegfried mit schweren Herzen Stettin, die Stadt ihrer Kindheit und ihrer ersten Begegnung, doch jetzt vom Kriege gezeichnet und ein wichtiger Knotenpunkt für Menschen, die hoffnungsvoll Richtung Westen blickten. Die Reise hatte sie bereits durch verschiedene Landschaften und Städte Pommerns geführt, doch nun waren sie ihrem Ziel ein Stück näher gekommen.

Müde von der langen Fahrt, aber erleichtert über ihre sichere Ankunft, machten sie sich auf den Weg zu einem der drei Lager, die die Stadt für Umsiedler eingerichtet hatte. Als sie ihr erstes Quartier im Vorlager bezogen, einem Ort, der früher einmal aus lebendigen Wohnhäusern bestanden hatte, herrschte eine merkwürdige Stille, die durch die unbewohnten, jetzt zu Unterkünften umfunktionierten Gebäude waberte.

Die einstigen Bewohner hatten diese Orte unter bedrückenden Umständen verlassen müssen, was die Atmosphäre noch gespenstischer machte.

»Es ist nicht viel, aber es wird unser Zuhause sein, zumindest für eine Weile«, sagte Siegfried zu seiner Frau, als sie die spärlich eingerichteten Räume betraten.

Die Einrichtung bot kaum mehr als das Nötigste - ein paar Betten, einen Tisch, einige Stühle - doch für die Familie war es ein erster Schritt in ein neues Leben.

Siegfried hatte Glück und konnte bald in der Lagerküche aushelfen, was ihm nicht nur eine willkommene Ablenkung bot, sondern auch die Möglichkeit, ab und zu Lebensmittelreste für seine Familie zu sichern. Diese kleinen Zuwendungen bedeuteten viel in einer Zeit, in der jeder Bissen zählte.

»Herta, ich habe heute etwas Schmalz ergattern können«, flüsterte Siegfried eines Abends, als er zurückkam. »Es ist nicht viel, aber es wird unsere Mahlzeiten bereichern.«

Herta lächelte dankbar. Trotz der Einfachheit dieser Mahlzeiten boten sie einen Hauch von Normalität und Zufriedenheit in ihrem sonst so unsicheren Alltag.

Im Lager herrschte ein ständiges Kommen und Gehen, Geschichten und Schicksale kreuzten sich, um gleich wieder voneinander getrennt zu werden.

Eines Tages, als die Familie sich gerade daran gewöhnt hatte, im Takt des Lagerlebens zu leben, wurde ihre Registriernummer aufgerufen.

»Das bedeutet, dass wir bald weiterziehen werden«, erklärte Siegfried. »Endlich in Richtung unseres neuen Lebens.«

Die Nachricht brachte ein Wirrwarr von Gefühlen mit sich, von Angst vor dem Unbekannten bis hin zur Hoffnung auf eine bessere Zukunft.

Kurz darauf zogen sie ins Hauptlager um, ein von Zäunen umgebenes Areal, das fortan ihr Gefängnis und Schutzraum zugleich war. Die ärztlichen Untersuchungen bestätigten ihre baldige Umsiedlung gen Westen.

»Es fühlt sich an wie ein neuer Anfang«, sagte Herta leise, während eine Mischung aus Erleichterung und Sorge in ihren Augen lag. Sie dachte an die künftigen Herausforderungen, die auf sie warteten, aber auch an die Chancen, die sich ihnen boten.

Anfang Juni 1946 war es dann so weit. Die Familie packte ihre wenigen Habseligkeiten zusammen für die Reise nach Schleswig-Holstein.

»Passt auf eure Sachen auf«, warnte Siegfried, als sie sich auf den Weg machten.

»Und bleibt zusammen, egal was passiert.«

Die Reise per Eisenbahn führte sie durch die Landschaften Vorpommerns, vorbei an der berüchtigten Station »Scheune«, an der vielen deutschen Vertriebenen von den polnischen Offiziellen häufig noch die letzten Habseligkeiten abgenommen wurden, doch von der die Familie Kosinsky wie durch ein Wunder verschont blieb. Eingepfercht im Zug, geteilt zwischen Enge und Unbequemlichkeit, hielt die Familie zusammen, getragen von Hoffnung und dem unerschütterlichen Glauben an ein besseres Morgen.

Bald schon lagen Stettin und Pommern weit hinter ihnen, auch wenn die küstennahe Landschaft gen Westen ihnen sehr vertraut erschien.

»Hier wird es uns besser gehen. Wir werden einen Weg finden«, versprach Siegfried, während sie sich aneinanderklammerten, getragen von der Zuversicht auf Sicherheit, Frieden und ein neues Zuhause. Die Reise war nicht nur eine physische, sondern auch eine emotionale, eine, die sie als Familie stärker zusammenschweißen würde, während sie gemeinsam nach vorn blickten, bereit, die Herausforderungen anzunehmen, die vor ihnen lagen.

6. Kapitel: Die Heimat im Herzen

Schleswig-Holstein, Juni 1946

Als die Familie Kosinsky zum ersten Mal den kühlen, feuchten Boden Schleswig-Holsteins unter ihren Füßen spürte, waren ihre Herzen von einem Wirrwarr aus Emotionen erfüllt, die so komplex und tiefgründig waren wie das Universum selbst. Der beschauliche kleine Ort Lübeck-Pöppendorf mit seinen provisorischen Nissenhütten, die auf den ersten Blick fremd und doch zugleich merkwürdig schützend wirkten, hieß sie in seiner stillen, unaufdringlichen Weise willkommen. Ein neues Kapitel ihres Lebens begann an diesem Ort, der so anders war als alles, was sie zuvor gekannt hatten, ein Ort, der sowohl Herausforderung als auch Zuflucht versprach. Amama und Oma Anna, die großmütterlichen Säulen der Familie, trugen ihre Erschöpfung und das Gewicht der vergangenen Ereignisse mit einer Würde und Stärke, die nur in den leisen Momenten der Nacht ihre Fassade ein wenig sinken ließ, während in den Augen der Kinder Renate und Eckard eine Mischung aus Neugier, Unsicherheit und einem leuchtenden Funken Hoffnung lag.

»Seht nur Kinder, dies wird vorerst unser neues Zuhause sein«, sagte Herta mit einer Stimme, die versuchte, Zuversicht und Hoffnung auszustrahlen, obwohl ihre Augen von einem feinen Sorgenschleier umflort waren.

Die Kinder schauten sich um, ihre Blicke hafteten auf der einfachen, aber stabilen Struktur, die sie vor den Elementen schützen und beherbergen sollte. Ihre Augen erfassten jedes Detail, von den grob zusammengezimmerten Türen bis hin zu den kleinen Fenstern, die einen Blick auf die weite, unberührte Landschaft gewährten.

Während der ersten Tage in Lübeck-Pöppendorf stellte sich ihnen zunächst eine kleine Hürde auf ihrem Weg zur Anpassung und Akzeptanz in dieser neuen Gemeinschaft: die vorgeschriebene ärztliche Untersuchung. Doch als die Familie nach Itzehoe bei Hamburg ins Flüchtlingslager gebracht wurde, begannen die ersten Fäden eines neuen Alltags sich zu weben, langsam, aber sicher. Die Baracken, ihr vorübergehender Zufluchtsort, waren alles andere als das, was sie sich als ihr Zuhause gewünscht hätten, mit den kargen Wänden und dem ständigen Geräusch von Stimmen und Schritten außerhalb. Doch sie waren zusammen, und in dieser Einheit fanden sie einen Trost, der stärker war als die kahlen Wände um sie herum.

Nicht lange danach fand sich die Familie in einem Ort Namens Kellinghusen wieder, wo sie auf dem Tanzboden eines Gasthofs schliefen, auf Stroh gebettet, das zumindest ein wenig Wärme und Komfort bot.

»Es fühlt sich an wie ein großes Abenteuer«, flüsterte Renate in der Dunkelheit zu Eckard, und in ihrer Stimme schwang eine Mischung aus Aufregung und kindlicher Vorstellungskraft mit.

Eckard, der versuchte, den Optimismus seiner Schwester zu teilen, nickte, sein Herz erfüllt von einer Mischung aus Hoffnung und der Sehnsucht nach Stabilität.

Doch die Entbehrungen der vergangenen Monate zehrten an ihnen, besonders an Oma Martha, die von allen liebevoll Amama genannt wurde. Ihr Kampfgeist, der sie durch den Verlust ihres Mannes und das Alleinsein mit vier Söhnen getragen hatte, fand in diesen Herausforderungen eine unüberwindliche Hürde. Als sie schwer erkrankte und nach Glückstadt an der Elbe ins Krankenhaus gebracht wurde, rückte die Familie enger zusammen als je zuvor, ein unerschütterliches Bollwerk der Liebe in der Konfrontation mit der schmerzlichen Realität des Lebens. Martha verstarb am 21. Juli 1946, umgeben von ihrer Familie, die bis zum letzten Atemzug an ihrer Seite stand, ein stilles Zeugnis der Stärke und des Zusammenhalts, die sie in ihrem Leben verkörpert hatte.

Siegfried, getrieben von der Hoffnung auf eine stabile Zukunft für seine Familie, hatte sich am Tag zuvor, dem 20. Juli 1946 bei der Leitstelle der Reichsbank in Hamburg zurückgemeldet und um Weiterbeschäftigung gebeten. Seine Hartnäckigkeit und sein unerschütterlicher Glaube an eine bessere Zukunft zahlten sich aus, denn mit einem Schreiben vom 22. September 1946 wurde er, rückwirkend zum 2. September 1946, als Buchhaltereibeamter bei der Reichsbanknebenstelle in Eckernförde eingestellt. Diese Stelle markierte einen Wendepunkt für die Familie, einen Lichtblick am Horizont, der ihnen die Hoffnung gab, dass das Schlimmste hinter ihnen lag.

Ende August 1946 zog die junge Familie, bestehend aus den Eltern, den Kindern Renate und Eckard sowie Oma Anna, nach Eckernförde in die Gerichtsstraße 4, in das Gebäude der Reichsbanknebenstelle. Der Umzug in diese neue Wohnung, dieses neue Leben, symbolisierte für sie trotz der vergangenen

Herausforderungen und Entbehrungen ein unglaubliches Geschenk des Schicksals. Das neue Zuhause bot mit seinen geräumigen Zimmern und unerwartetem Komfort mehr Raum und Möglichkeiten als alles, was sie zuvor in Stolp erlebt hatten.

Siegfrieds Worte, »Ich kann es kaum glauben, dass dies unser neues Zuhause ist«, während er die Zimmer zeigte, drückten seine tiefe Dankbarkeit und Erleichterung aus, endlich einen sicheren Hafen gefunden, einen Neuanfang für seine Familie gesichert zu haben.

In den späten Abendstunden, wenn die Kinder tief und fest in ihren Betten schliefen und die Erwachsenen sich im spärlich beleuchteten gemütlichen Wohnzimmer versammelten, um ihre tiefsten Gedanken, Ängste und Hoffnungen miteinander zu teilen, fanden sie einen seltenen Trost in der gegenseitigen Gesellschaft dieser stillen Nächte.

»Wir haben so viel durchgemacht«, flüsterte Herta, ihre Stimme zitterte leicht vor Emotion, während sie die Hand ihres Mannes festhielt und in seine Augen blickte, die voller Verständnis und Mitgefühl waren.

»Aber ich glaube, inmitten all dieser Herausforderungen und der Unruhen, die wir erlebt haben, können wir hier, in diesem neuen Zuhause, endlich einen Hauch von Frieden und Stabilität finden.«

So stand die Familie Kosinsky am Beginn eines neuen Lebensabschnitts, voller Hoffnung, dass die schmerzhaften Erinnerungen der Vergangenheit allmählich verblassen und der Optimismus für ein friedvolles und glückliches Leben in Eckernförde überwiegen würde, ein Leben, das von den einfachen Freuden und dem tiefen Zusammenhalt geprägt sein würde, die sie auf ihrer langen, beschwerlichen Reise empfunden hatten.

Das Leben in Eckernförde schien für die Familie Kosinsky ein bedeutendes neues Kapitel voller Frieden und Hoffnung aufzuschlagen. Die charmante Kleinstadt, in Friedenszeiten ein malerisches Idyll am Meer mit etwa 20.000 Einwohnern, sah sich nun, überbelegt mit zahlreichen Flüchtlingen aus den Ostgebieten, vor enormen Herausforderungen und an ihre Kapazitätsgrenze gestoßen. Die Stadt, einst bekannt für ihre ruhige Atmosphäre und die freundlichen Bewohner, musste sich schnell an die neue, durch den Zustrom von Menschen veränderte Realität anpassen. Viele der Neuankömmlinge waren gezwungen, in provisorischen Baracken am Rande der Stadt Unterschlupf zu finden oder sich in beengten Verhältnissen eine Wohnung mit einer anderen Familie zu teilen. Doch für die Familie Kosinsky bot Eckernförde einen unverhofften Glücksfall in diesen turbulenten Zeiten. Sie hatten das außergewöhnliche Glück, eine verhältnismäßig große und teilweise möblierte Wohnung im Gebäude der Reichsbanknebenstelle erhalten zu haben. Diese Wohnung verfügte über drei geräumige Zimmer plus einer Mansarde, was in der damaligen Zeit und unter den gegebenen Umständen als ein wahrer Luxus galt. Die beiden Kinder teilten sich ein behagliches Zimmer, während die Eltern ihr eigenes Schlafzimmer bezogen. Oma Anna fand ihren Schlafplatz im multifunktionalen Wohnzimmer. Siegfried, das Familienoberhaupt, hatte das seltene Privileg, seinen Arbeitsplatz gleich im selben Gebäude zu haben, was in den unsicheren Nachkriegszeiten eine nicht zu unterschätzende Bequemlichkeit und Sicherheit bot.

Am hinteren Teil des Gebäudes, geschützt und etwas verdeckt von hohen, robusten Hecken, die den kalten Wind von der See abhielten, entdeckten die Kinder zu ihrer großen Freude einen kleinen, aber gut erhaltenen Kaninchenstall mit mehreren sauberen Boxen. Eine dieser Boxen wurde der Familie zur Verfügung gestellt, und bald zog ein flauschiges Kaninchen bei ihnen ein. Die Kinder, insbesondere Renate, entwickelten schnell eine tiefe Zuneigung zu dem kleinen Tier und verbrachten nach der Schule viele Stunden damit, es zu füttern, zu pflegen und zu streicheln.

»Es ist, als hätten wir ein kleines Stückchen Landleben mitten in der Stadt«, sagte Renate eines Tages zu ihrem Bruder Eckard, ihre Augen leuchtend, als sie das Kaninchen sanft streichelte.

Als der Winter näher rückte und mit ihm das Weihnachtsfest, kam in der Familie die Diskussion auf, dass das Kaninchen möglicherweise als Festbraten dienen sollte. Doch je näher das Fest rückte, desto klarer wurde es allen, dass sie es nicht übers Herz bringen würden, das Tier, das in den letzten Monaten fast zu einem Familienmitglied geworden war, zu schlachten.

»Ich könnte es einfach nicht essen«, gestand Oma Anna eines Abends, als sie alle im Wohnzimmer saßen, das nur vom flackernden Licht des Kamins und dem sanften Schein der Kerzen erhellt wurde. »Es wäre, als würden wir einen Freund verlieren.«

»Wir finden eine andere Lösung«, entgegnete Siegfried bestimmt, die Augen seiner Frau suchend, die zustimmend nickte.

Das Kaninchen wurde schließlich zu Weihnachten nicht geschlachtet, sondern Jahre später als Zuchtkaninchen an einen benachbarten Bauern gegeben, der versprach, gut für es zu sorgen. Diese Entscheidung vermittelte den Kindern eine tiefgreifende Lektion über Mitgefühl und menschliche Güte, eine Lektion, die Renate selbst ihren eigenen Kindern viele Jahre später noch mit Wärme und Überzeugung erzählen sollte.

Das erste Weihnachten in Eckernförde war in einer Atmosphäre der Wärme und des engen Familienzusammenhalts der Familie Kosinsky eingebettet. Sie feierten das Fest in ihrer neuen Heimstatt, umgeben von den einfachen Freuden, die sie sich in den Ruinen des Krieges bewahrt hatten. Draußen peitschte der Ostseewind gegen die Fensterscheiben, aber im Inneren des Hauses herrschte eine Stimmung der Behaglichkeit, der Dankbarkeit und der tiefen Verbundenheit, ein stilles Zeugnis für den unbeugsamen Geist einer Familie, die inmitten der Wirren der Nachkriegszeit ein neues Leben voller Hoffnung und Zuversicht begonnen hatte.

Eckernförde, Dezember 1946

Als der Winter Eckernförde mit seiner vollen Kälte erreichte, hüllte dichter Nebel die Stadt in ein stilles Weiß. Alles wirkte wie aus einer anderen Welt, mit leeren Straßen und einem Alltag, der unter der Schneedecke verstummt war. Eine schmale Gestalt bahnte sich langsam ihren Weg durch den Schnee, tief einsinkend bei jedem Schritt, die einzigen Spuren von Leben in der erstarrten Welt.

Am Nachmittag des zweiten Weihnachtstages, als es bereits dunkel wurde und die Familie Kosinsky sich im Wohnzimmer versammelte, ließ ein Klingeln an der Tür sie aufhorchen. Siegfried, das Familienoberhaupt, stand neugierig auf, unsicher, wer an diesem Tag und bei solchem Wetter vor ihrer Tür stehen könnte.

Als er die Tür öffnete, erkannte er mit Überraschung einen jungen Mann, durchgefroren und vom Winter gezeichnet. Trotz seiner abgenutzten Kleidung und der Strapazen war klar, dass es Joachim war, ihr Sohn, den sie für verloren gehalten hatten.

»Vater ...«, kam es brüchig von Joachim, bevor Tränen seine Stimme erstickten. Siegfried umarmte ihn wortlos, überwältigt von Emotionen. Die anderen Familienmitglieder eilten herbei, angelockt durch die Geräusche, und ein Ruf der Überraschung und Freude erfüllte das Haus.

»Oh, mein Junge, du bist zurück«, schluchzte Herta, als sie Joachim umarmte.

Später im Wohnzimmer, jetzt hell erleuchtet und warm, lauschte die Familie Joachims Geschichte. Er erzählte leise, aber bestimmt von den Schrecken des Krieges, dem Verlust von Freunden und seiner langen Zeit auf dem Bauernhof in Schleswig-Holstein, nicht weit entfernt von Eckernförde. Seine Erzählung war voller Leid, doch in seinen Augen lagen auch Hoffnung und Dankbarkeit.

»Es gab Momente, da verlor ich die Hoffnung, euch wiederzusehen«, gestand Joachim. »Aber der Gedanke an euch hielt mich am Leben. Nach langer Suche, über das Rote Kreuz und dann bei der Reichsbank, fand ich heraus, dass Ihr nach Eckernförde gezogen seid.«

In dieser Nacht fühlte sich die Familie Kosinsky durch das Feuer und das Wiedersehen wärmer als je zuvor. Es war, als hätte das Schicksal ihnen eine zweite Chance gegeben, ihre tiefe Verbundenheit wieder zu erleben, unzerbrechlich, trotz aller Herausforderungen und Entfernungen.

Der Winter 1946/47, in den Annalen der Geschichte als »Hungerwinter« verzeichnet, legte seinen eisigen Griff um Eckernförde und tauchte die Welt in eine schier endlose Stille. Die Temperaturen fielen unaufhaltsam, während der Himmel seine Schneelast über der Stadt ausschüttete. Dieser »Hungerwinter« steht in der Geschichte Europas als einer der härtesten Winter des 20. Jahrhunderts. In der zerstörten Nachkriegslandschaft, inmitten der Trümmer des Zweiten Weltkrieges, hatte dieser eisige Winter verheerende Auswirkungen auf die bereits geschwächte Bevölkerung. Die Infrastruktur war vielerorts zerstört; Heizmaterial wie Kohle war knapp, und Lebensmittel waren noch immer rationiert und oftmals schwer zu beschaffen. Die Temperaturen sanken weit unter den Gefrierpunkt, was in den unzureichend geheizten und beschädigten Wohnstätten zu einem Kampf ums Überleben führte.

In Deutschland, insbesondere in von der Zerstörung stark betroffenen Städten und Gemeinden, verschärfte der Mangel an Brennstoff und Nahrung die ohnehin schon prekäre Lage. Viele

Familien hatten kaum mehr als eine Mahlzeit pro Tag, die aus spärlich verfügbaren Zutaten bestand, und die Kohle zum Heizen des Hauses musste sorgsam eingeteilt werden, um die eisigen Nächte zu überstehen. Die tiefen Temperaturen und der Schneefall, der Straßen und Wege bedeckte, machten es zudem fast unmöglich, weite Wege zurückzulegen, sei es nach Lebensmittelsuche oder zur Arbeit.

Die Auswirkungen des Hungerwinters 1946/1947 waren verheerend und führten nur anderthalb Jahre nach Kriegsende zu einer dramatischen Zunahme der Todesfälle in ganz Europa. Besonders hart getroffen waren die urbanen Zentren und die ländlichen Gebiete mit bereits vor dem Krieg schwachen Infrastrukturen. In Deutschland, wo die Kriegszerstörungen am umfassendsten waren, meldeten Städte wie Hamburg, Dresden und Berlin eine erschreckend hohe Zahl an Todesopfern, sowohl wegen der Unterernährung als auch der tödlichen Kombination aus Kälte und mangelnden Heizmöglichkeiten. Gebiete, die schon vor Einbruch des Winters durch Bombardierungen stark in Mitleidenschaft gezogen worden waren, litten besonders unter dem zusätzlichen Druck, den der extreme Mangel an Lebensmitteln und Brennstoff mit sich brachte. Die agrarischen Regionen, die ohnehin schon durch Kriegseinwirkungen geschwächt waren, waren nicht in der Lage, die notwendigen Nahrungsmittel zu produzieren oder zu verteilen, was die Krise weiter verschärfte. Die Todeszahlen stiegen in diesen Monaten sprunghaft an, wobei ältere Menschen, Kinder und diejenigen, die bereits gesundheitlich angeschlagen waren, am stärksten betroffen waren. Es wird geschätzt, dass alleine in

Deutschland zehntausende Menschen dem Hungerwinter als direkte Todesopfer zum Opfer fielen.

Und auch in den ehemaligen deutschen Ostgebieten, die nach dem Zweiten Weltkrieg und Grenzneuzeichnungen unter polnischer und sowjetischer Kontrolle standen, zog der Hungerwinter seine eisigen Bahnen. Die dortige Bevölkerung, oftmals Flüchtlinge und Vertriebene aus den nunmehr unter fremder Herrschaft stehenden Gebieten, hatte am meisten zu leiden. Viele hatten alles verloren – ihr Zuhause, ihre Arbeit, ihre Existenzgrundlage. Die infrastrukturellen Schäden infolge der Einwirkungen des Krieges, zusammen mit der rigorosen Neuordnung durch die Besatzungsmächte, führten zu extremen Lebensbedingungen.

In diesen Regionen, fernab von den stärker international beachteten Zentren des Nachkriegsdeutschlands, waren die Menschen einem gnadenlosen Überlebenskampf ausgesetzt. Die sowjetische Militäradministration und die polnische Verwaltung waren beide mit dieser enormen Herausforderung der totalen Kriegszerstörungen einerseits und der massiven Verschiebungen der Bevölkerung andererseits konfrontiert. In vielen Fällen konnten die neuen Verwaltungsstrukturen die Versorgung mit Grundnahrungsmitteln und Heizmaterial entweder nicht gewährleisten oder sie wurde durch die chaotischen Zustände zumindest erschwert – eine Situation, die teilweise noch prekärer war als in den westlicheren Teilen des zerstörten Deutschland. In diesen Gebieten traf alles zusammen: der harte Winter 1946/47, Nahrungsmittelknappheit, mangelnde Hygiene und unzureichende, ungeheizte Unterkünfte und obendrein eine Administration, die all diesen Problemen nicht gewachsen war. Viele, die den Krieg überlebt hatten, fanden sich in einer Situation, in der der Kampf um das tägliche Überleben weiterging, geprägt von Hunger, Kälte und der ständigen Suche nach einem neuen Zuhause.

In Stolp, unter der strengen Herrschaft von Polen und Russen und ohne den Schutz der deutschen Behörden, hätte die Familie Kosinsky den brutalen, eisigen Winter sicherlich nicht überlebt. Ihre Entscheidung zur Ausreise, eine wohlüberlegte Flucht vor der drohenden Katastrophe, hatte sich als kluge und lebensrettende Wahl erwiesen.

Die Bucht von Eckernförde fror zu einem dicken Eispanzer, der die darunterliegenden Fische und das gesamte Meeresleben in seiner eiskalten Umarmung gefangen hielt und die gesamte Natur in eine atemberaubende, aber starre Schönheit verwandelte. Die ohnehin schon prekäre Versorgungslage mit Lebensmitteln verschärfte sich dramatisch, und die Beschaffung von Nahrung wurde zu einer täglichen, fast überlebensgroßen Herausforderung. Viele der Einheimischen hatten keinen warmen Ort zum Verweilen, ihre Behausungen boten kaum mehr als einen schutzlosen Unterschlupf vor dem eisigen, schneidenden Wind. Doch das Reichsbankgebäude, das zur Zuflucht für Siegfried und seine Familie geworden war, stellte eine seltene Ausnahme inmitten dieser frostigen Welt dar. Dank Siegfrieds weitsichtiger Vorsorge und der nicht zu unterschätzenden strategischen Bedeutung des Gebäudes wurde es kontinuierlich mit

Kohlen beliefert, die es ermöglichten, zumindest ein gewisses Maß an Wärme und Behaglichkeit aufrechtzuerhalten.

»Wir sind wirklich eines der wenigen Glücke in dieser erbarmungslos kalten Zeit«, bemerkte Siegfried eines Abends, während er zu seiner Familie sprach, die sich eng um den prasselnden, mit Kohlen gefüllten Ofen drängte. »Ohne die Kohle und unser sicheres Zuhause hier wäre unser Schicksal wahrscheinlich nicht anders als das von so vielen anderen in dieser Stadt.«

Herta, seine treusorgende Frau, nickte bedächtig und warf einen liebevollen Blick auf ihre Kinder und Oma Anna. »Wir sollten in unseren Gedanken bei denen sein, die keine warme Stube haben. Wir müssen dankbar sein für das, was wir haben, und, wo es nur geht, unsere Hilfe anbieten.«

Trotz der eisigen Kälte, die durch die Fenster kroch, und der stetig knapper werdenden Lebensmittelvorräte, leuchteten die Augen der Kinder voller Hoffnung - ein stilles Zeugnis dafür, dass menschliche Wärme selbst den bittersten Winter durchdringen konnte. Draußen, jenseits der massiven Eiswände, die einst die lebendige Bucht von Eckernförde waren, erzählte der Wind Geschichten von einer Welt im gnadenlosen Überlebenskampf, von einer Gemeinschaft, die trotz der eisigen Kälte enger zusammenrückte und sich gegenseitig in den dunkelsten Zeiten stützte und unterstützte.

Als schließlich der Frühling Einzug hielt und das dicke Eis langsam zu schmelzen begann, fühlten sich die Wärme und die Sonne für viele Menschen an wie eine Erlösung. Mit den steigenden Temperaturen verbesserte sich die Versorgungslage wieder, und die

Aufbruchstimmung des Frühjahrs zog die Menschen trotz aller Verluste in ihren Bann. Nur hin und wieder dachten sie an jene, die den Hungerwinter nicht überlebt hatten und nie wieder einen neuen Sommer erleben würden.

Eckernförde, April 1947

In den frühen Morgenstunden des ersten Schultages im April 1947 ging Renate über das Kopfsteinpflaster von Eckernförde, ihr Schulranzen hüpfte bei jedem Schritt auf ihrem Rücken. Die Aufregung des neuen Lebensabschnittes war ihr in jedem Atemzug anzumerken. Die Morgensonne warf ihre ersten Strahlen auf die alten Häuserfassaden und tauchte die kleine Stadt in ein sanftes Licht, das Renates Vorfreude nur noch verstärkte. »Dir wird es sicherlich gefallen in der Schule, Renate«, sagte ihre Mutter liebevoll, während sie Hand in Hand zum Schulhof gingen.

»Ja, Mama, ich glaube schon. Ich werde neue Freunde finden und viele Dinge lernen«, antwortete Renate mit strahlenden Augen, voller Zuversicht und Neugier auf das, was vor ihr lag.

Als dann der Sommer kam, entdeckten Renate und ihre Freunde die unendlichen Möglichkeiten des Strandlebens in Eckernförde. Der Strand wurde zu ihrem zweiten Zuhause, wo sie nach der Schule und an den Wochenenden die Freiheit genossen. Sie lernten, wie man kleine Fische zwischen den Felsen fängt und wie das Salzwasser auf der Haut prickelt, nachdem man aus den kühlen Wellen steigt.

»Komm, wir bauen die größte Sandburg, die Eckernförde je gesehen hat!«, rief Renate eines Nachmittags, als sie, ihr Bruder und ihre Freunde, ausgerüstet mit Eimern und Schaufeln, am Strand ankamen. Ihre Gesichter glänzten vor Begeisterung, als sie begannen, ihre Vision in die Tat umzusetzen.

»Und danach ein Wettrennen bis zu den Wellen!«, erwiderte Eckard, der immer voller Tatendrang war. Die Kinder lachten und rannten um die Wette, ihre Füße hinterließen Spuren im feinen Sand, während die Sonne langsam am Horizont versank und den Himmel in ein Meisterwerk aus Orange und Rot verwandelte. Die Freuden dieser nachmittäglichen Abenteuer, das gemeinsame Erkunden von Gezeitenpools, das Versteckspiel hinter den Dünen und das Lauschen der Geschichten älterer Fischer am Hafen, webten einen Zauber um Renates Kindheit, der sie für immer prägen sollte.

»Wir sind die Könige und Königinnen von Eckernförde, so frei wie die Möwen am Himmel!«, proklamierte Renate, als sie auf ihrer selbsternannten Sandburg thronte, umgeben von ihren treuen Untertanen - ihren Freunden.

»Eines Tages werden wir uns an diese Zeiten erinnern und lächeln«, sagte Eckard, immer der Philosoph unter ihnen. »Aber jetzt lasst uns den Moment genießen. Das Rauschen der Wellen, den Sand zwischen unseren Zehen und die Freiheit, die nur der Sommer bringen kann.«

Und so vergingen die Tage, zwei Jahre nach dem Ende des schrecklichsten Krieges, den die Welt je gesehen hatte, hier an der Küste für die Kinder gefüllt mit Sonnenschein, Lachen und der unbekümmerten Unschuld der Kindheit, getaucht in Licht und Hoffnung.

Eckernförde, Mai 1947

Noch bevor es richtig heiß wurde in jenem Sommer, erwarb Siegfried ein kleines Gartengrundstück am Kakabellenweg. Es war nicht sehr groß, aber es reichte aus, um die Familie mit Gemüse und Kartoffeln zu versorgen. Das Gärtnern wurde ihnen zur zweiten Natur, denn sie hatten doch alle Not gelitten und wussten eine gute Mahlzeit zu schätzen. Etwas wegzuwerfen war undenkbar. In jenen Monaten des Aufbruchs wurde das Zuhause der Familie oft von einer Atmosphäre der Vorfreude und Dankbarkeit erfüllt. Eines Tages, als die sommerliche Hitze sich gerade zu einer milden Abendbrise verwandelte, kam der Postbote mit einem besonders großen Paket, gestempelt mit den kraftvollen Zeichen aus Übersee. »Aus Amerika«, sagte er mit einem anerkennenden Nicken, als er das schwere Paket auf dem Küchentisch niedersetzte.

»Von Onkel Arthur und den Cousins!«, rief Joachim aus, während er, Renate und Eckard gespannt das Paket umringten. Ihre Mutter lächelte warm, während sie mit einem kleinen Messer die Schnüre durchtrennte. Als das Papier zurückgefaltet wurde, kamen Dosen mit Fleisch, Stoffballen und sogar ein paar Schokoladenriegel zum Vorschein. »Das ist mehr, als wir uns hätten erträumen lassen«, sagte sie mit Tränen der Rührung in den Augen.

»Sie denken an uns«, sagte Eckard leise, tief bewegt von der Verbundenheit zu einer Familie, die er nie kennengelernt hatte, die aber in solchen Gesten plötzlich greifbar wurde.

»Wir müssen ihnen eine Dankeskarte schreiben«, erinnerte Renate, während sie einen der Schokoladeriegel in die Luft hob. »Und ihnen von dem Garten erzählen, den Papa am Kakabellenweg angelegt hat!«

Der Garten war tatsächlich Siegfrieds Stolz geworden. An den Wochenenden sah man die Familie gemeinsam dort arbeiten, umgraben, pflanzen und jäten. Der Boden war nicht der beste, aber mit Hingabe und harter Arbeit gelang es ihnen, ihn fruchtbar zu machen. Kartoffeln, Karotten, einige Stauden Bohnen und sogar eine kleine Reihe Erdbeerpflanzen schmückten bald das kleine Fleckchen Erde. »Das alles hat uns die Freiheit geschenkt, selbst zu entscheiden, was auf unserem Tisch landet«, sagte Siegfried oft stolz.

Als dann die Nachricht von Eckards bevorstehender Konfirmation durch die Familie ging, sagten Tante Lotte und Onkel Erwin, Verwandte aus Stettin, die ebenfalls nach Schleswig-Holstein geflohen waren, ihr Kommen zu. Die Feier fand im Garten statt, umgeben von den Ergebnissen monatelanger Arbeit. Lachen füllte schnell die Luft, als die beiden Verwandten und andere Freunde zusammenkamen, um Eckards Übergang ins Erwachsenenleben zu feiern.

»Wer hätte gedacht, dass wir hier, so weit entfernt von unserer ursprünglichen Heimat, ein solches Glück finden würden?«, sagte die

Tante Lotte, während sie ein Glas hausgemachten Apfelweins erhob. »Auf Eckard, auf die Zukunft und auf die Hoffnung, die niemals vergeht.«

»Und auf den Garten hier am Kakabellenweg, der uns alle so schön erfreut«, fügte der Onkel Erwin hinzu, bevor ein fröhlicher Toast die Runde machte.

Die Kinder spielten zwischen den Gemüsebeeten, während die Erwachsenen zusammensaßen und Geschichten aus alten Zeiten austauschten. Geschichten von Gewohnheiten aus Pommern, von den ersten schwierigen Jahren nach dem Krieg und von den schicksalhaften Wendungen, die sie alle nach Eckernförde gebracht hatten. Die Care-Pakete aus Amerika, der Garten am Kakabellenweg und die unzähligen kleinen Momente des Glücks woben ein dichtes Netzwerk aus Dankbarkeit und Zuversicht, das alle in dieser kleinen zusammengewürfelten Gemeinschaft umschloss.

»Schaut nur, wie weit wir gekommen sind«, sagte Siegfried, als die Sonne hinter den Hügeln von Eckernförde unterging. »Und es ist noch so viel Weg vor uns.«

Die Familie und ihre Freunde nickten im stummen Einvernehmen, gestärkt durch die Gemeinschaft und die Gewissheit, dass egal, was die Zukunft bringen mochte, sie es gemeinsam meistern würden.

Die Jahre nach 1947 brachten viele Veränderungen in rascher Folge. Deutschland, das Land, das der Krieg in Stücke gerissen hatte, begann langsam, sich wieder zu erheben. Der Marshallplan, initiiert von den Vereinigten Staaten, spielte eine entscheidende Rolle in der

Wiederbelebung Europas, insbesondere Deutschlands. Dieser Zufluss von Kapital und Ressourcen ermöglichte den Wiederaufbau von Städten, Industrien und Infrastrukturen. Wohlstand und sogar Reichtum war nun für viele erreichbar. Für die Menschen in Eckernförde und weit darüber hinaus versprach diese Unterstützung nicht nur materielle Erleichterung, sondern auch ein neues Kapitel des Hoffens und des Träumens.

In dem Maße, in dem sich die Landschaft selbst wandelte, veränderte sich auch der kulturelle und politische Horizont. Das Verlangen nach Stabilität führte zur Gründung der Bundesrepublik Deutschland im Jahr 1949, einem Akt, der den Grundstein für eine stabile Demokratie in einem zuvor zerrütteten Land legte. Währenddessen beförderte das Bedürfnis nach einer kollektiven europäischen Zukunft den Beginn der Europäischen Integration, die schließlich zur Europäischen Union führen sollte. Diese Veränderungen in der Weltordnung schufen eine neue Landschaft der Diplomatie und Zusammenarbeit zwischen ehemaligen Kriegsgegnern.

Trotz des positiven Schwungs, den der Marshallplan und die darauffolgenden Wirtschaftsreformen mit sich brachten, heilten die Wunden des Krieges nur langsam. Familien waren nach Verlust und Vertreibung zerrissen, Städte und Gemeinschaften standen vor der Herausforderung, ihre Identität in der Trümmerlandschaft neu zu finden und ihre Städte neu aufzubauen. Das Wirtschaftswunder der 1950er Jahre brachte den wirtschaftlichen Aufschwung, und in Westdeutschland flüchtete man sich nun in den Konsum, die private

Gemütlichkeit und vielerorts auch in das Vergessen, doch genau das fiel den ehemals Vertriebenen schwer. Sie blieben trotz ihrer kulturellen Zugehörigkeit Fremde, häufig ausgegrenzt und mit einer schmerzenden Sehnsucht nach der alten Heimat im Herzen, die für immer verloren war, denn das Rad der Zeit drehte sich weiter und brachte neue Konflikte, kaum, dass die Wunden der alten sich geschlossen hatten. Mit dem Kalten Krieg verschärfte sich die Teilung Europas, symbolisiert durch den Eisernen Vorhang. Die Gründung der Deutschen Demokratischen Republik (DDR) im Osten unter sowjetischem Einfluss stand in krassem Gegensatz zur westlich orientierten Bundesrepublik Deutschland. Diese Teilung spiegelte nicht nur die geopolitische Spaltung zwischen Ost und West wider, sondern vertiefte auch die ideologischen und familiären Spaltungen innerhalb Deutschlands selbst.

Das ehemalige Ostpreußen, das Sudetenland, Pommern und Schlesien, einst Teile von Deutschland, nun unter neuem Namen Bestandteile von Polen, der Tschechoslowakei und Russland, Regionen mit tiefen kulturellen Wurzeln und einer reichen Geschichte, verschwanden hinter dem Eisernen Vorhang und wurden für ein halbes Jahrhundert vom Westen aus unerreichbar. Viele im Westen hatten Familienmitglieder oder Wurzeln in diesen Regionen und fanden sich schmerzlich von einem Teil ihrer Geschichte abgeschnitten. In ihrer neuen Heimat, ob nun im Süden Deutschlands, im Ruhrgebiet oder im Norden, schlossen sie sich zu Vertriebenenverbänden zusammen, die das Kulturgut und die Erinnerungen an ihre verlorene Heimat noch viele Jahrzehnte lebendig hielten, mit der heimlichen Hoffnung, einst wieder dort zu Hause sein zu können. Diese Trennung war eine ständige Erinnerung an die Zerrissenheit eines Landes und seiner Menschen, die sich nach Einheit sehnten und doch durch politische Begebenheiten daran gehindert wurden, diese Sehnsucht zu erfüllen. Die Konsequenzen dieser Teilung sollten Deutschland und Europa noch jahrzehntelang prägen, während Generationen daran arbeiteten, Brücken über die Kluft hinweg zu bauen, die der Krieg und seine Nachwirkungen geschaffen hatten.

Für die Einwohner von Eckernförde brachten diese Jahre des Wandels gemischte Gefühle. Einerseits gab es die Freude und das Staunen über die wissenschaftlichen und technologischen Fortschritte, die das Leben erleichterten und neue Möglichkeiten eröffneten. Das Fernsehen hielt Einzug in die deutschen Haushalte, verband Menschen über weite Strecken hinweg und erweiterte ihren Horizont über die Grenzen ihres kleinen Städtchens hinaus.

Als die Menschen in Eckernförde und ganz Deutschlands das Silvesterfest 1951/1952 feierten, standen sie an der Schwelle zu einer neuen Ära. Die Knallkörper, die den Himmel erleuchteten, symbolisierten nicht nur den Übergang in ein neues Jahr, sondern auch die Hoffnung auf eine Zukunft, die Frieden, Wohlstand und eine stärkere Verbindung zwischen den Völkern Europas und der ganzen Welt versprach. Doch während sie in das neue Jahr blickten, erinnerten sie sich auch der Zeiten, die hinter ihnen lagen – einer Zeit, in der alles einfacher war, als das Glück noch in einem Garten am Kakabellenweg zu finden war, und die größte Freude ein Paket aus Übersee oder ein einfaches Stück Schokolade sein konnte.

Die Feierlichkeiten zum Jahreswechsel 1951/52, eine Zeit, die von neuem Optimismus und dem Geist des Wiederaufbaus nach den schweren Kriegsjahren geprägt war, standen ganz im Zeichen neuer Hoffnungen. Der Abend, der mit großer Vorfreude erwartet wurde, versprach, feuchtfröhlich zu werden und hielt dieses Versprechen auch. Die Stimmung war ausgelassen und überaus fröhlich, als die Sektkorken mit lautem Knall in die Luft flogen und das neue Jahr mit viel Lachen, Tanzen und herzlichen Umarmungen begrüßt wurde. Siegfried entdeckte seine Vorliebe für Schlagermusik und trug mit einem breiten, verschmitzten Lächeln gegen später Stunde »Das Lied von den Beinen der Dolores« vor, ein Schlager, der zu jener Zeit in aller Munde und auf allen Radiostationen zu hören war. Die ganze Gesellschaft der Eckernförder Zentralbank, angesteckt von der Fröhlichkeit des Liedes, sang aus voller Kehle mit, und für einen kurzen, magischen Moment schien es, als würden der Schmerz und die Entbehrungen der vergangenen Jahre von ihnen abfallen, als würden sie von einer Woge des Glücks und der Hoffnung auf bessere Zeiten getragen.

Doch die Frohlockungen und die ausgelassene Stimmung wurden getrübt, als Siegfried eines Tages mit Neuigkeiten nach Hause kam, die die Familie vollkommen unvorbereitet traf. Am Esstisch, wo sie sonst in harmonischem Beisammensein über die Ereignisse des Tages sprachen, teilte er mit bedächtiger Stimme mit, dass er zum 17. Juni 1952 an die Hauptstelle nach Husum versetzt und zum 1.

August zum Landeszentralbankrat befördert werden solle. Ein tiefer Stich durchfuhr die Herzen aller Anwesenden. Obwohl dies zweifellos eine hohe Anerkennung von Siegfrieds harter Arbeit und seinem unermüdlichen Engagement war, bedeutete es auch, Abschied von Eckernförde zu nehmen, von dem Ort, der ihnen in den vergangenen sechs Jahren so sehr ans Herz gewachsen und zu einem Symbol ihrer Wiederherstellung, ihres Neuanfangs und ihrer Hoffnung geworden war.

»Das ist ... unglaublich, Papa!«, sagte Renate, bemüht, die Freude in ihrer Stimme klingen zu lassen und den Stolz auf ihren Vater zum Ausdruck zu bringen, doch ihre Augen verrieten die traurige Wahrheit ihres Herzens, das mit Wehmut und Sorge um die bevorstehenden Veränderungen erfüllt war. »Ja, es ist eine große Ehre«, antwortete Siegfried, dessen Stimme schwer mit uneingestandener Wehmut und einem Anflug von Unsicherheit über die Zukunft beladen war. »Aber es bedeutet auch, dass wir uns auf neue Abenteuer vorbereiten müssen, in Husum.«

Die Entscheidung zu gehen, war nicht leicht. Eckernförde hatte ihnen allen eine seltene Form von Frieden und Stabilität nach dem Krieg geboten. Die Stadt war mehr als nur ein Zuhause geworden; sie war ein Symbol ihres Wiederaufbaus, ihres Fortschritts und ein sicherer Hafen der Geborgenheit. Die Familie besuchte noch einmal alle ihre Lieblingsorte, die malerischen Strände, den idyllischen Garten am Kakabellenweg, und verabschiedete sich von Freunden und Nachbarn mit schwerem Herzen. Es fiel ihnen schwer, all das zurückzulassen, was sie so liebgewonnen hatten.

Im Herbst zog die Familie schließlich nach Husum. Ihre neue Adresse, die Theodor-Storm-Straße, lag in einer friedlichen Gegend, umgeben von der rauen Schönheit Norddeutschlands. Siegfried und Herta passten sich dem Leben in der »grauen Stadt am Meer« an, wie Theodor Storm sie einst beschrieben hatte, und obwohl eine gewisse Melancholie sie zu Anfang begleitete, fanden sie auch hier ihren Frieden und lernten, die neuen Herausforderungen mit Mut und Zuversicht zu meistern.

Die Jahre vergingen. Siegfried lebte bis zu seinem Tod 1985 in Husum, Herta zog nach seinem Tod in eine kleinere Wohnung, ebenfalls in der Theodor-Storm-Straße, wo auch sie ihre letzten Jahre verbrachte und erst 1993 starb. Sie erlebte das Ende des Kalten Krieges noch mit und hatte die Möglichkeit, kurz vor ihrem Tod noch einmal nach Pommern zurückzukehren, mit dem sie so viele wehmütige Erinnerungen verband. Joachim, Eckard und Renate bauten ihr eigenes Leben auf und kümmerten sich um ihre eigenen Familien, doch die Gedanken und Erinnerungen an die alte Heimat begleiteten sie ständig, die Geschichten aus Pommern und Ostpreußen, aus Insterburg, Stolp und Stettin, die dramatische Geschichte ihrer Flucht, auf der sie wie durch ein Wunder immer wieder unversehrt aus den ausweglosesten Situationen herausgekommen waren, als wachte ein Schutzengel über sie, der dafür sorgte, dass sie alle wieder unversehrt zusammenfanden.

Epilog: Was Liebe wirkt, bleibt ewig

Mai 1993, Słupsk, im heutigen Polen

Im ersten Licht des Morgens, das sanft durch die knorrigen alten Bäume von Stolp, das heute anders heißt, flackerte, schritt Herta langsam die ihr so vertrauten und doch fremd gewordenen Straßen hinab. Die Welt um sie herum hatte sich in den vergangenen Jahren grundlegend verändert; die Gebäude, die einmal voller Leben waren, die Straßen, die von den Geschichten der Einwohner erzählten, selbst die Luft schien eine andere, schien eine tiefere Geschichte zu erzählen, eine Geschichte, die in Vergessenheit geraten und doch überall zu erkennen war.

Vor Hertas innerem Auge wurde die Vergangenheit lebendig, sie sah die alten Straßen, hörte jene Geräusche, die sie als Kind und junge Frau gehört hatte und sah in jene Gesichter, die längst nicht mehr unter den Lebenden weilten. Die alte Welt, die Welt, in die sie hineingeboren worden war, existierte nicht mehr, gehörte für immer dem Reich von gestern an. Die Straßen trugen nun andere Namen, und in der Straße sprachen alle Polnisch.

In diesem Moment, umgeben von den Schatten und Lichtern der Vergangenheit, fühlte sie sich wieder wie die junge Frau, die einst fröhlich durch diese Gassen gelaufen war, bevor der Krieg alles veränderte und ihre Unbeschwertheit abrupt endete.

Sie erreichte den Fluss, dessen Wasser leise plätscherte, als ob er die Geheimnisse und Erinnerungen der vergangenen Jahrzehnte trug, Zeuge der Veränderungen und der beständigen Hoffnung der Menschen. Langsam ließ sie sich an ihrer alten Stelle nieder, einem Ort, der einst von einem mächtigen Baum beschattet wurde, der nun nicht mehr existierte, gefällt in den Tagen des Überlebenskampfes. Doch vor ihrem inneren Auge stand er immer noch da, genauso wie der Schutzengel, der ihr in den dunkelsten Tagen ihres Lebens Trost und Hoffnung geschenkt hatte und dessen Gegenwart sie in den längsten Nächten gespürt hatte.

Mit geschlossenen Augen ließ Herta die Stille auf sich wirken, die nur von der leisen Melodie des Flusses und dem gelegentlichen Zwitschern der Vögel untermalt wurde. »Danke«, flüsterte sie mit einer Stimme, die vor Rührung bebte. »Danke, dass Du uns beschützt hast. Dass trotz allem Leid, das wir erfahren mussten, wir wieder zusammengefunden haben. Dass wir überlebt haben, um Zeugen einer neuen Ära des Friedens zu sein.« Ihre Worte waren ein stilles Gebet, eine Ehrung für jene, die nicht zurückgekehrt waren, und eine Dankbarkeit für das Wunder des Lebens.

Eine sanfte Brise spielte mit ihrem Haar, fast als würde eine unsichtbare Präsenz ihr antworten, eine stille Umarmung des Universums. Tränen der Dankbarkeit und des Friedens rannen über ihre Wangen, doch es waren nicht mehr die Tränen der Verzweiflung und des Verlustes, sondern der Heilung und der Hoffnung. In der Ferne war das Getümmel der Stadt zu hören, das Leben, das weiterging, und mit ihm die Geschichte der Menschlichkeit. Herta öffnete die Augen und blickte noch einmal auf den Fluss, betrachtete die Spiegelung des Himmels in seinem Wasser, bevor sie sich erhob.

Ein letztes Mal sah sie sich um, nahm die Schönheit des Ortes in sich
auf, dann machte sie sich auf den Weg zurück in die Gegenwart,
erfüllt von einem tiefen Gefühl der Dankbarkeit und dem Wissen,
dass, egal was auch geschehen mochte, die Liebe und der Schutz,
den ihre Familie erfahren hatte, sie durch alle Zeiten tragen würde.